Whedhlow Kernowek

Stories in Cornish

Caradar, 1926

Whedhlow Kernowek

Stories in Cornish

A. S. D. Smith
(Caradar)

evertype
2010

Dyllys gans/*Published by:* Evertype, Cnoc Sceichín, Leac an Anfa, Cathair na Mart, Co. Mhaigh Eo, Éire / Wordhen. *www.evertype.com.*

© 1948 Stât/*Estate of* A. S. D. Smith.

Dyllansow kyns lebmyn/*Previous editions:*
  Nebes Whethlow Ber, Camborne, 1948.
  Whethlow an Seyth Den Fur a Rom, Camborne, 1948.
  "Forth an Broder Odryk" in *Kemysk Kernewek: A Cornish Miscellany,* An Lef Kernewek, Camborne, 1964, pp 10-17.

An dyllans-ma/*This edition* © 2010 Nicholas Williams & Michael Everson.

Golegyth/*Editor:* Nicholas Williams.

Y kefyr covath rolyans rag an lyver-ma dhyworth an Lyverva Vretennek.
A catalogue record for this book is available from the British Library.

ISBN-10 1-904808-47-6
ISBN-13 978-1-904808-47-3

Olsettys in Warnock Pro, Arcade, ha ᴄeɑmhɑιʀ ᴄoweʀ gans Michael Everson. *Set in* Warnock Pro, Arcade, *and* ᴄeɑmhɑιʀ ᴄoweʀ *by* Michael Everson.

Cudhlen/*Cover:* Michael Everson.

Pryntys gans/*Printed by* LightningSource.

Henwyn an Whedhlow

Raglavar dhe dhyllans 2010

Heb dowt vÿth yth o Caradar (A. S. D. Smith, 1883–1950) an gwella scrifor a Gernowek a dhedhyow avarr an dasserghyans. Y fÿdh kefys awoles try rew a whedhlow dhyworth y bluven ev hag a veu gwelys rag an kensa prÿs lies bledhen alebma. An kensa bagas a whedhlow yw kemerys in mes a'y gùntellyans *Nebes Whedhlow Ber* (1948); yma an secùnd rew a whedhlow kemerys dhyworth y lyver *Whethlow an Seyth Den Fur a Rom* (1948), ha'n tressa bagas a whedhlow a veu gwelys in dadn an tîtel "Forth an Broder Odryk" in *Kemysk Kernewek: A Cornish Miscellany* (1964). Pàn scrifas Caradar an textow-ma, nyns esa Kernowek Tregear ganso, hag yma hedna ow styrya bos yêth plain Caradar fûndys dre vrâs wàr wersyow an Kernowek Cres. Rag hedna yma nebes taclow in Kernowek Caradar nag yw ewn yn tien herwyth rewlys an tavas, dell yns y ùnderstondys hedhyw i'n jÿdh. Me re amendyas nebes taclow a'n par-na i'm versyon awoles. Hag inwedh rag gwil an whedhlow i'n lyver-ma moy êsy rag redyoryon agan dedhyow ny, me re jaunjyas lytherednans Caradar, hèn yw, Kernowek Unys, dhe spellyans arnowyth.

Nicholas Williams
Whevrel 2010

vii

Preface to the 2010 edition

Without any doubt Caradar (A. S. D. Smith, 1883–1950) was the best writer of Cornish of the early revival. Three groups of stories from his pen will be found below that were all published many years ago. The first group come from his collection *Nebes Whethlow Ber* (1948); the second group of stories are to be found in his *Whethlow an Seyth Den Fur a Rom* (1948), and the third series appeared with the title "Forth an Broder Odryk" in *Kemysk Kernewek: A Cornish Miscellany* (1964). When Caradar produced all these stories, he did not have Tregear's homilies, which meant that his Cornish prose was for the most part based upon Middle Cornish verse. As a result some aspects of Caradar's Cornish would not nowadays be considered entirely correct. I have emended a few matters of this kind in my edition below. To render the stories accessible to the contemporary reader I have also changed Caradar's Unified Cornish spelling to a more modern orthography.

Nicholas Williams
February 2010

Preface to the 1948 edition of Whedhlow an Seyth Den Fur a Rom

It is generally accepted that this story had its origin in India, and that it was first composed somewhere about 500 BC.

The framework of the story is as follows:

A young prince is tempted by one of his father's concubines, but in vain. Then he is accused by her (as was Joseph by Potiphar's wife) of attempted assault, and he is condemned to death. But the prince has been under the tutelage of Sindibad, the chief of the wise men. These sages believe in the prince's innocence, and after persuading the young man to remain silent for seven days, they get the king to postpone the execution from day to day by telling him stories showing the deceitfulness of women. The woman replies with a story each night. The king continues to change his mind from day to day for the seven days. But on the eighth day the young man speaks on his own behalf. He exposes the falseness of the woman's accusation. She is punished, and his life is saved.

That was the Eastern version. On its way to the West, variations crept in, as was natural, the story being to a large extent transmitted by word of mouth. For Sindibad and the sages, we have the seven sages of Rome. For one of the king's concubines, we have his second wife, the prince's stepmother. Also the tales within the framework of the story have many variations.

These tales in their various forms were very popular in the Middle Ages, and have been translated into almost every European tongue.

The present Cornish version is as literal a translation as I can make it of Professor Henry Lewis's edition of the oldest Welsh copy (1400–25) as found in the Red Book of Hergest under the title *Chwedleu Seith Doethon Rufein*. This was originally composed by Llywelyn, a priest, of whom nothing more is known, though there are indications in the text itself that he must have been acquainted with his native literature.

I have to thank Professor Henry Lewis for the interesting Introduction to his 1925 edition, from which the above notes have been culled.

Caradar
October 1948

Ancombrynsy

An medhek in udn dre vian in Kernow a'n jeva maw o servyas lel, nebes gwadn y skians kynth o va. Udn jÿdh, an medhek a dhegemeras galow dhe gynyewel gans arlodhes a'n keth tre, hag ev a wrug dedhewy dos; mès, soweth, pàn dheuth an eur appoyntys, ev a omglôwa nebes clâv, may feu res dhodho scrifa dyharas dhe'n arlodhes cuv.

Ev a ros an lyther dhe Ronald an maw, ow leverel: "Kebmer an lyther-ma dhe Vêstres Couch heb strechya, ha dora dhybm wosa hedna ow hynyow."

Fystena a wrug Ronald gwella godhya. Ev a dhelyvras an lyther, hag ena ev a wortas i'n hel. Pàn veu govydnys orto prag yth esa whath ow cortos, yn medh an gwas lent: "Gorhebmyn dhybm a wrug ow mêster may whrellen dry genef y gynyow."

Mêstres Couch ha'y hyffewy a wharthas colodnek, hag y a wrug oll myns a sevy i'ga gallos rag collenwel an arhadow. An kynyow-na, darbarys mar uskys dell veu, nyns o onen drog; inweth an arlodhes a worras botel a

1

win inter an scudellow, ha'n maw êth gansans yn lowen dhe dre.

Yth o plas an iskel mar dhâ, kefrÿs an gwin, mayth o an medhek nebes sowthenys: ha wosa Ronald dhe dhon an scudellow, onen hag onen, ha'ga settya arag y vêster, dalleth dowtya an dra a wrug an dremas. Pàn glôwas an pÿth a wharva, yth o y ancombrynsy mar vrâs may fydna desempys erhy tos a flourys teg a'n shoppa ha'ga danvon dhe Vêstres Couch. Wosa ev dhe davasa Ronald yn tâ, ev a erhys dhodho prena an flourys ha'ga ry dhe'n arlodhes gans y worhemynadow a'n gwella. "Ha gwait na wrylly namoy gokyneth," yn medh ev dhe'n maw.

Warlergh hanter eur yth êth an maw tre, ha'y fâss ow tewynya rag ewn lowender. Ev a worras dew nôta deg sols wàr an voos. Own a gemeras an medhek orth aga gweles, mès Ronald a leverys, pys dâ dell o va, "An arlodhes a wrug tylly desempys rag an flourys."

"Dar! tylly, a leverta?" yn medh an medhek, "A! te bedn sogh!" Hag ena Ronald a dherivas orto fatell wharva an dra: "Mêstres Couch," yn medh ev, "a ros dhybmo dew sols yn ro, mès me a leverys dhedhy: "An flourys-na ny gòst dew sols, arlodhes, saw ugans."

Namna wrug an medhek clamdera stag ena.

An Banknôta

De Sadorn dohajÿdh. An strêtys o gorlenwys a dus; hag in cres an dre, le may whrug omvetya an kettrynow, mar vrâs o an rûth na ylly den scant kerdhes. Desempys y feu clôwys son gweder terrys dhe scobmow. I'n rûth, nebonen re bia herdhys warbydn fenester an bosty ha'n qwarel a veu scattys dhe dybmyn. Wàr udn labm y teuth servysy in udn bonya in mes a'n bosty, ha totta y a wrug settya dalhen i'n drog-oberor.

"An qwarel a gòst sur hanter-cans sols," yn medh perhednek an chy. An den a worthebys, cortes y vaner: "Agas gyvyans a besaf, syra, bytegyns nyns oma vy dhe vlamya, na ny'm beus kebmys mona warnaf."

"Pob a yll leverel indella: whilowgh in y bockettys ev," veu cùssul onen a'n rûth.

Sevel ortans ny ylly an anfusyk, ha res veu plegya. An servysy a wrug scon tedna y gâss lytherow in mes a'y bocket, hag ot! ino nyns esa tra vÿth saw carten, warnedhy y hanow ha'y drigva.

3

"Rewgh an câss dhybmo vy," a grias perhednek an bosty, "y convedhaf taclow a'n par-na: pùbonen a'n jeves y sorn cudhys." Hag in gwir, ev a dednas a'n sorn whare udn banknôta hanter-cans pens. Gwir yw y vos nebes ûsys, mès nyns o dhe weth awos hedna.

An den a besys na wrellens y kemeres an nôta dhyworto, hag ev orth y dhon termyn mar bell. Mès perhednek an bosty o bodhar dhe bùb pejadow, hag ev a ros dhodho pymp pens ha dew ugans, ow qwitha ragtho y honen an nôta hanter-cans pens.

"Pymp pens rag qwarel a'n par-na?" a grias an den, dhodho sorr brâs, "Hanter-cans sols a alsa y aqwytya yn tâ. Hebma nyns yw mès gwrydnyans pur!" hag yth esa an westion erel a'n keth tybyans-na.

Mès sconya a wrug an perhednek, ow leverel gweder dhe vos hedhyw fèst yn ker, hag inwedh y cotha tylly nebes dhodho ev rag oll an ancombrynsy a wodhevys. Bytegyns, rag omwil den hel, ev a worras deg sols aral dhe'n pymp pens ha dew ugans; ha'n den êth dhe ves in udn vollethy.

Udn den coth, neb o esedhys i'n bosty, a besys cubmyas a weles an banknôta hanter-cans pens.

Y whythra a bùb tenewen ev a wrug, orth y sensy warbydn an golow, hag ena yn medh ev, ow shakya y bedn: "An nôta-ma yw fâls."

Pob a wharthas yn lowen saw unsel perhednek an bosty, hag y ow tyby heb mar ev dhe gafos an pÿth a dhendylas.

An Tê

Yth esa Heine, an prydyth Almaynek, trigys in Italy, pàn wharva an dra-ma, ha ny a wra y asa ev dhe dherivas an whedhel in y eryow y honen:-

Parys oma pùpprÿs dhe wodhvos grâss dhe neb a wrello dhybm les, ha me pàn esen trigys i'n pow ogas dhe Lùcca, y whren praisya ow ost neb a re dhybm tê o mar wheg y vlas bythqweth na veu evys genef tê mar dhâ. Me a ganas an gân-ma a wormola dhe'n Arlodhes Woolen, neb o trigys i'n keth ostel, ha hy a's teva dhe voy marth a'n pÿth a leverys, ow kyny na ylly hy cafos tê dâ bythqweth, awos oll myns a inias hy wàr agan ost: hag indella hy a veu constrînys dhe brena hy thê in Livorno ha danvon maw rag y gerhes alena. "Bytegyns, hedna yw tê nevek y vlas " yn medh hy.

"Arlodhes," me a worthebys, "kessensy me a wra bos ow thê vy gwell whath," ha me a besys Arlodhes Woolen, kefrÿs an dhyw arlodhes aral esa gensy, may teffens dhe gafos tê genef vy, hag y a dhedhewys dos ternos ha'y gafos wàr bedn an vre, warnedhy mayth esa agan ostel ow sevel: le may hyller esedha in cres perfeth ha miras dres oll splander an nansow awoles dhyn ny.

An eur a dheuth. An voos a veu parusys, skethednow a vara amanynys a veu trehys, hag omgôwsel a wrug an teyr arlodhes, gwydn aga bÿs.

Mès an tê ny wrug dos.

Whegh our a dheuth; ena hanter wosa whegh.

Yth esa skeusow an gordhuwher ow talleth slynkya avell syrf du adro dhe woles an vre. Whecca vÿth o sawour an cosow, kefrÿs cân an ÿdhyn.

Mès sin a dê nyns esa neb le.

Lebmyn gallas an howl in mes a'gan gwel, bytegyns gortos a wrug y wolow wàr bednow an menydhyow, ha me a leverys dhe'n arlodhesow: "Poos yw gans an howl omdedna ha gasa cowethas y geshowlow."

Onen wheg o an lavar-na, heb mar; mès an tê ny wrug dos.

Wosteweth—wosteweth—y teuth agan ost, cudhyjyk y fysmant, ha govyn orthyn a ny via dâ genen kemeres nebes sherbet in le tê.

"Tê! Tê!" warbarth ny a armas, "ha bedhens ev an keth tê poran dell evaf pùb dÿdh oll," me a leverys. "An keth tê? A dus vryntyn, hedna ny yll bos."

"Fatell yw na yll hedna bos?" me a grias serrys. Agan ost a gemeras moy ancombrynsy whath hag ev stlav ow hockya in y lavarow. Nebes termyn a wrug tremena whath kyns ev dhe avowa an gwiryoneth ha'n kevrin dhe vos dyscudhys…

Rag plegya dhybmo, an ost a lenwy a dhowr specyal tobm an pot tê a vedha gesys pub dÿdh oll gans Arlodhes Woolen wosa hy dhe worfedna hy frÿs; ha'n tê re bia dhybm mar dhâ y vlas, may whrug avy kebmys bost anodho, nyns o saw an remenant a'n tê re bia evys solabrÿs gans an arlodhes…

An brynyow adro dhe Lùcca a's teves dasson marthys dâ, ha dasseny y a wrug gans wherthyn ilowek an teyr arlodhes.

An Câss
a Granny Brown

Yth esen ow kerdhes wàr eskynleur gorsaf Queen
Street, Keresk, gans coweth, ow cortos an train
dhe Loundres, pàn wrussyn ny sevel rag miras orth an
pryson brâs a veyn pry, ha'y fenestry barrys ow kyky
dre an fosow in lînow compes, hag a ylly bos gwelys
wàr an vre adâl dhyn ny ow cregy a-ugh an wolokva
vysy awoles.

Tawesek o ow howeth, ha'm tavas vy a hedhas y whel
rag tecken, ha hedna o tra varthys, me a'n avow; rag
dhe wir, pypynag may kefyn ny an hap dâ dhe dhos
warbarth, me a vydna denewy dh'y scovornow parys
ev oll an nowodhow a'm be, abàn wrug avy y weles
dewetha. Ev o goslowor dâ, ha me o drog-kesscrifor.

Bytegyns, hedhyw, hag ev ow miras orth an fenestry
dall-na mar hager aga semlant, me a ylly gweles bos
ganso y brederow y honen, ha mar teffen ha gortos,
martesen ev a vynsa aga radna intredhon; hag indella
y wharva.

"Ass yw coynt!" yn medh ev. "Gweles an pryson-na hedhyw vyttyn, ha'n awel mar deg, a dhre dhe'm cov myttyn kepar nans yw ugans bledhen, pàn esen ow sevel wàr an keth eskynleur-ma ha gweles den yonk nawnjek bloodh ow mos dre an porthow-na wàr y fordh dhe wasonieth penys.

"Y dhama wydn re bia kefys marow in hy gwely udn jÿdh—posnys hy re bia, hedna yw certan—mès moy es hedna den vÿth ny wodhya. Den vÿth ny dheuth dhe'n chy abàn wrug an venyn goth maga hy yer ha'y heyjy an jÿdh kyns ha mos ajy warlergh hy ûsadow rag gortos John, hy mab wydn, esa trigys gensy hag a veu gensy meur-gerys, kepar dell veu hy ganso ev. Y vabm a verwys a 'dhyfygyans uskys' dell o gelwys, pàn o va baby, ow sewya mernans hy gour, hag indella ken vabm ages y dhama wydn ny wodhya John bythqweth, ha gensy hy ev re bia megys.

'Ternos, vyttyn, pàn esa John ow casa an chy, y feu va gwelys gans kentrevoges, neb a'n dynerhys dres an ke inter an dhew jy. Ev a leverys dhedhy nag o Granny re dhâ hag y's cùssulyas a witha in gwely. Ev a ros dhedhy haunsel kyns ès mos, ow fria an brâssa a'n oyow esa i'n chy ha tabm kig mogh ganso, hag a gemeras in bàn dhedhy coffy tobm ha skethen a vara amanynys, hag yn medh ev: "Ass o dâ gensy pùb tabm anodho!" Ena ev êth dhe ves in udn bonya an vounder wàr nans dh'y whel, nebes dewedhes dell o va.

"Neb udn eur wosa hedna, Mêstres Jones, avell kentrevoges dâ, êth dhe weles Granny ha leverel dhedhy mar dhâ o hy mab wydn orty, hag uth a's kemeras pàn gafas an venyn goth ow crowedha yn farow wàr hy gwely.

"Well, rag cot'he whedhel hir, John a veu prysonys, jùjys, ha dampnys dhe ugans bledhen a wasonieth penys. Prèst ev a bledya y vos gwiryon, mès nyns esa den vÿth aral a alsa gwil an drog-ober: ev a gemeras hy haunsel dhedhy, dell leverys y honen: ha breus an cùrunor o "posnys: fatell veu, ny wodher."

"Me a welas an den yonk passya dre an keth porthow-na a welyn ny lebmyn, ha nefra hadre ven bew "ny wrav ankevy an wolok esa in y dhewlagas."

"Ytho," me a leverys, "ena yma va whath ow 'servya y sentens?"

Ow howeth a dewys pols, kepar ha pàn ve ow qweles pùptra arta. "Nag usy," ev a worthebys, "an seythen dhewetha y feu kefys marow a gleves y vabm, ha sensys fast in y leuv o devyn in mes a'n *Daily Telephone*, 20 Hedra 1935.

'Egyn traweythys a gefyr in oyow heyjy a veu an ken may ferwys Emma Jane Thomas, neb a dhebras oy hoos fries, hag a godhas yn farow ajy dhe udn eur wosa hedna.'

"An mab bohosak!—Preder—ugans bledhen..."

Train Loundres! Kemerowgh agas sedhow, mar pleg!

Hugh Polgreen
ha'n Golghjy

Tobm Tremayne o kigor agan treveglos ny, ha'y shoppa o chy coth wàr rin an vre. Y'n gardh adrëv an shoppa yth esa try crowjy in udn rew, haval aga lyw, myns, ha form: kensa an golghjy; nessa wàr vàn an eskernjy; ha nebes pella awartha an selsykjy; hag in pùbonen a'n try yth esa cawdarn ha tan ow lesky in dadno.

De Lun myttyn avarr yth esa Tobm y'n eskernjy ow pryjyon mer in mes a'n eskern rag gwil brawn; i'n chy nessa awoles yth esa y wreg ow pryjyon dyllas aprodnyow, croglednow, lienyow gwely: hag i'n chy nessa awartha yth esa Willy Williams an selsygor ow pryjyon keheryn may halla y worra in crehyn, gans dyvynyon a'n bara amanynys re bia gesys a'ga haunsel; rag onen fèst crefny o Tobm Tremayne. Yth esa an try than ow tywy yn frav, ha'ga mog ow tenewy in mes a'n chymblys; hag yth o Tobm maga fery avell hôk, ha ganso an dhew aral in y ogas, may hylly gwitha udn lagas warnodhans.

Hag ev ow clôwes y wreg ow tobma ha stewany an dyllas, kefrỹs son wheg an keheryn ow splùtra ha labma i'n cawdarn, fors ny wrug a'n mostethes ha'n golghyon ow pystylya a'n cawdarn dhe'n leur. Rag yth o Tobm erbysas ha nebes turont magata. Storvya a wrussa an gath, heb dowt vỹth, mara'n jeffa onen a'n teylu mona lowr dhe brena cath; mès mona a fylly dhe bùbonen in chy an kigor saw unsel dhe Tobm Tremayne y honen.

Bytegyns kigor fur o Tobm, me a'n avow; ha mars o va garow y gnas traweythyow orth Willy Williams, neb a'n jeva oll an blam pàn êth taclow yn cabm, yth o va cortes lowr dh'y brenoryon.

Ogas ha pùbonen a vebyon an dreveglos a dhallathas y hens dre brentysyeth in dadn Tobm Tremayne, ha'n gwella anodhans a besyas dyw seythen. Ena y teuth Hugh Polgreen, hag ev ny besyas udn jỹdh. Ev a'n jeva curyogas wàr y fâss, hag ev pymthek bloodh a'y oos hag, ow tevy yn uskys. Ev a dhallathas servya i'n shoppa wàr an Lun yw campollys awartha.

An kensa myttyn-na otta va ow qwil y whel yn maw dâ heb croffolas, hag ev ow whybana maga lowen avell culyak reden. Yth esa dowr tobm i'n bùket, ha cartha an plynken kig i'n shoppa ev a wrug, hag ena tôwlel an dowr wàr an leur ha scùllya doust hesken warnodho rag y seha. Hedna nyns o an vaner ûsys, ha dâ yth o bos Tobm Tremayne i'n eskernjy mes a'y wolok.

Hag ev ow whybana lowen y gnas, ev a welas den ow tos an strêt wàr nans: den brâs, tew, ha ganso chain euryor owr—dhe'n lyha ev a hevelly bos owr, kyn hylly bos brest, ha wàr y bedn yth esa hot bowler. Sevel adherag an shoppa ev a wrug in udn viras aberveth. Adhesempys, "Pyw osta-jy?" ev a harthas, kepar ha pàn ve Hugh neb sort a whylen wàr an leur. Bytegyns, kynth o va bian, ownek nyns o Hugh màn.

"Me yw mytern an pyskys," ev a worthebys, "pyw osta jy? Mytern an bùckyas nos osta? An shoppa yw deges myttyn De Lun."

"Taw dhybmo, te lorel, na vÿdh taunt. Otta lowr a'th rev. Py ma dha vêster?"

"Pyw a lavaraf dhodho eus obma?"

"An baily. Ha fysky gwra, toth brâs!"

An baily! hag ev ow clôwes an ger na, miras orto a wrug Hugh ha'y dhewlagas ales!

"A... a... me â dh'y gerhes," yn medh ev, ha dre an daras ev êth kepar ha luhesen.

Wosa hedhes an gardh, ev a aspias Tobm Tremayne, neb esa ow stôpya ha gyky dre fals yn daras an selsykjy, mar calla cafos Willy Williams ow camdremena neb maner.

"Mêster Tobm! Mêster Tobm! Yma an baily obma!"

An geryow-na a wrug dhe Tobm labma kepar ha pàn ve tanbellen Almaynek adrëv dhodho ha parys dhe dardha.

"Pandra? Pandra leverta? Re Vyhal hag oll an Sens!" ha dre an daras bys i'n shoppa ev êth uskyssa ès dell o devedhys Hugh y honen, ha'y wreg wàr y lergh, kefrÿs Willy Williams, rag bedhygla a wrug Hugh kepar ha deg tarow. Hugh ny vydna kelly an sport, indella ev inweth a's holyas.

I'n shoppa yth esa Tobm, cogh y fâss, ow sevel arag an baily hag ow carma: "Nefra ny vanaf pe, erna'm bo an mona a dal dha dhama wydn dhybm rag an darn avy a brenas hy dhyworthyf nans yw mis. Cafos ow mona me a vydn."

"Yma nebes dyffrans inter êtek dynar ha try hans pens, Mêster Tremayne," yn medh an baily, "hedna why a'n avow, heb mar, ha—" Hag ena Tobm a welas an maw. Yw te eus obma? Kê dhe gerdhes, kê! Kebmer an keheryn ma desempys ha'y worra i'n cawdarn," ha wàr udn labm ev a worras wàr geyn Hugh canstel vrâs leun a gig keheryn.

Yth êth Hugh in mes, crobmys y dhywscoth, ow trebuchya adreus dhe'n gardh poran aberth i'n kensa crowjy hag ena gwakhe an ganstel i'n cawdarn. Nessa, abàn na'n jevia wolcùm vÿth oll i'n shoppa, mos dhe wandra ev a wrug ha miras orth an yer ow pryvessa adrëv an try crowjy.

Ev a alsa bos ena neb hanter eur ow hunrosa kyns ès Tobm dhe dhos a'n shoppa gans y wreg ha Willy Williams. Ena Tobm êth i'n eskernjy, Willy i'n chy awartha, ha'n wreg i'n kensa chy. '

Yth o Hugh ankevys gansans yn tien; mes hedna ny dhuryas napell!

Adhesempys y teuth an wreg in udn bonya in mes a'n golghjy, ow scrija: "Ow lienyow! Ow aprodnyow!"

Tobm ha'y was êth aberth i'n golghjy ha...

Mes gwell via dhybm dewedha i'n tyller-ma. Scant ny allaf dos dhe'n pryk-na may terivaf an pÿth oll a leverys Tobm Tremayne: nâ, ny via hedna vas...

Me a'm beu udn wolok dhewetha a Hugh Polgreen: yth esa ev ow mos dhe ves heb whetha corn na gwil son, in udn slynkya dres an fos isel adrëv an try crowjy.

Ena ponya ev a wrug kepar ha pàn ve an jowl wàr y
lergh...

An Wreg Yonk
Gwydn hy Blew

Onen a'm gwella cothmans yw Jack Hartland, yw lebmyn Esel an Seneth rag M...

Nans yw nebes bledhydnyow, ow whel a'm kemeras dhe wlasow tramor, hag ena y feuma teyr bledhen. Whegh mis kyns dyweth an termyn-na me a dhegemeras lyther dhyworth Jack, ow leverel ev dhe vos demedhys hag owth inia warnaf may teffen dhe driga seythen ganso ev ha'y wreg yonk pàn vena dewhelys tre.

"Te a'fÿdh pyskessa dâ obma," yn medh ev, "ha dâ vÿdh gans Joan dha wolcùbma." Ev a ros descrivyans bew a Joan y wreg, hag yth o spladn dhe welas bos an eyl ow cara y gela yn town.

Warlergh an whegh mis me êth tre, ha scon wosa hedna me a gafas ow honen i'n train ow spedya tro ha'n an dreveglos pell mayth o trigys an dhew.

Nefra ny allaf ankevy an los a'm kemeras dhe'n kensa vu a'm be a Joan. Benyn yonk kynth o hy, teg hy fâss ha'y form, hy a's teva blew maga whydn avell ergh. Bytegyns, warlergh an pÿth a scrifas Jack dhybm, whegh mis kyns, hy blew o gellruth!

An nos-na, pàn o Jack ha me esedhys orth an tan i'n lyverva, ha Joan gyllys dhe'n gwely, yn medh Jack desempys: "Marth yw genes, heb mar, cafos ow gwreg mar wydn hy blew? Bytegyns indella hy ny veu a'y oos," ha miras pell orth an tan ev a wrug, sad y dhewlagas, kepar ha pàn bortha cov a neppyth trist. Ena yn medh ev: "Own y feu, a drailyas hy blew yn whydn."

Me a'm beu nebes caletter ow tesmygy fatell ylly hedna bos, ha'n dhew-na mar hudhyk warbarth.

Jack a welas an govynadow in ow fâss, hag yn medh ev: "Me a vydn leverel dhis oll an câss, mes awos Duw, bÿdh war na leverry ger a'n dra dhedhy hy, dell y'th pesaf." Wosa me dhe dhedhewy gwil warlergh y vodh, yth êth Jack wàr rag indelma:

"Dell wodhes, Joan ha me a wrug demedhy nans yw whegh mis. Onen a'gan cothmans, cuv y gnas, hag a veu mes a dre i'n termyn-na, a brofyas dhyn y jy rag may hallen spena agan mis mel in cosoleth. Yn tâ y porthaf cov a'n jÿdh may whrussyn mos dy. Dhyn ny yth o an chy pÿth a dhevîs, ow sevel dell esa in cres an pow, ha'n avon ow resek y'gan ogas. Gwithyades an chy o benyn hanter-cans bloodh, Mêstres Webber orth hy hanow, onest hy semlant neb a wrug agan metya orth an daras. Hy a gemeras Joan adhewhans in dadn hy askel hag a dhysqwedhas an chy dhedhy, ha me êth dhe wandra adro dhe'n lowarth, o onen teg ha leun a flourys. Pàn dhewhelys dhe'n chy, yth o an tâ parys, ha Mêstres Webber o gyllys wàr dhelergh dhe'n gegyn.

Yn medh Joan in udn wherthyn: "Esta ow cresy in secùnd syght, Jack? Mêstres Webber re beu ow clappya a 'neppyth' a dal wharvos i'n chy-ma. 'Ordenys yw gans nev,' dell lever hy. Bytegyns hy ny wor màn pandra vỹdh an 'neppyth'-na."

"Na ny worama na whath," me a worthebys, "marnas hy a vo nebes clâv hag in othem a vedhegieth."

Tremena a wrug an dedhyow. Ny a's spenas in udn byskessa ha kerdhes i'n pow ladro. Bytegyns yth esa neppyth ow posa wàr vrỹs Joan, dhybm dell hevelly, rag me dhe weles golok brederus in hy dewlagas traweythyow.

Udn jỹdh, ha ny owth esedha ryb an avon, me a wovydna orty: "Pandra wher dhis, ow melder, ha te ow tewel mar bell?" '

"Ow predery yth esen a'n pỹth a leverys Mêstres Webber dhybm hedhyw vyttyn," yn medh hy.

"Pỹth a veu hedna?"

"Hy a leverys neb mollath dhe godha wàr an chy-ma, ha hy a'm pesys mayth ellen in kerdh a dermyn. 'Me ny allaf diank a'm tenkys' yn medh hy, 'hedna yw ordenys gans nev. Mès ny res dhywgh why hy godhevel genef vy.' Neppyth a'n keth sort-na hy re leverys lies treveth kyns, mès i'n tor'-ma scruth own a's kemeras, mayth esa hy ow crena."

"Abàn esa ow gwreg ow côwsel indella, me a whilas gwella hy cher, ow tysqwedhes gokyneth an dra in udn wherthyn. Hag ena ny a gowsas a neppyth aral.

"Nebes dedhyow wosa hedna y feu res dhybm collenwel an dedhewadow re bia gwrỹs genef nebes mîsyow kyns, ha mos dhe ves rag arethya dhe gùntellyans a dus in ow ranbarth a'n pow mayth en vy

Esel an Seneth ragtho. Ow gwreg ny vydna me dhe vos, mes fatell yllyn y woheles ny wodhyen, ha me a wrug oll myns a yllyn rag hy hebaskhe. Y tedhewys dewheles an keth nos-na, mar dhewedhes kyn fe an eur, ha res o dhedhy bos pÿs dâ a'n ambos-na. Edrek a'm bÿdh bys venary na wrug avy gortos tre an nos-na."

Ow hothman a worras y dhorn wàr y lagasow, kepar ha pàn vydna cudha neb tra anwhek, kyns ès côwsel arta:

"Te a yll convedhes nag esen vy ena ow honen, indella ny worama leverel poran pandra wharva. Bytegyns y hyller gorra an tybmyn warbarth ha lenwel an aswiow o gesys gans ow gwreg in hy derivadow a'n dra, movys dell o hy ha hanter-marow gans uth.

"Me êth dhe ves yn scon wosa hanter-dÿdh, ha Joan êth genef bys in gorsaf an hens horn. Wosa an train dhe'm kemeres in mes a'y gwel, hy a dhewhelys dhe dre, mar calla gweres Mêstres. Webber ow qwil whel an chy. Hodna a's teva marth a weles bos Joan dewhelys, ow tyby hy dhe vos gyllys in kerdh genef vy.

"Mêstres Webber a hevelly bos isel hy spyrys, owth hanasa yn fenowgh, ha wàr an dyweth ny ylly Joan y wodhaf na fella, ha hy a leverys: "Pandra wher dhis, Mêstres Webber ger? Kebmer colon! Gwella dha jer! Osta clâv, martesen? Lavar dhybm."

"Mêstres Webber a viras orty pell heb côwsel. Ena yn medh hy in udn hanasa yn town: "Me a'gas gwarnyas, hag yma an termyn devedhys, dell yma own dhybm. Ot! yma an ancothfos ow nessa, dell omglôwaf in ow eskern. Nefra ny welaf dÿdh aral ow tardha."

"Yth o drog gans Joan hy clôwes, ha hy êth i'n lowarth rag scrifa lytherow, ha Mêstres Webber a dhros an tê dhedhy y'n lowarth. Wosa tê, Joan a assayas redya lyver, bytegyns hy ny's teva whans a redya nag a wil tra vÿth. Neb sqwithter o devedhys dresty. Hy a leverys 'Nos dâ' dhe Vêstres Webber, neb o esedhys syger i'n gegyn, hag êth avarr dhe'n gwely.

"Scon hy a gùscas.

"Neb son a's dyfunas. Hanter-dyfun, hanfer in cùsk dell o, hy a dyby bos Mêstres Webber whath i'n gegyn. Hy a viras orth hy euryor: hanter wosa onen! Pandra ylly an venyn gwil i'n gegyn in cres an nos? Hy a vydna poran sevel ha mos dhe weles, pàn glôwas son treys owth eskydna an grysys: son nebonen possa wàr y dreys ages Mêstres Webber. Ow crena rag ewn uth, heb gwaya màn, hy a woslowy orth an treys-na ow nessa. Ha hy hanter a'y eseth, hanter a'y groweth i'n gwely—ha'y dewlagas stag wàr dharas an chambour, hy a glôwas nebonen ow tava dorn an daras, kefrÿs son omgows ha wherthyn isel. Ena dorn an daras a veu trailys ha nebes ha nebes an daras êth yn egerys, ha neb den a dheuth aberveth, hag ev ow clappya orto y honen ha wherthyn yn isel in y vriansen, uthyk y glôwes.

"Namna wrug Joan scrija, bytegyns neppyth a wrug hy lettya ha hy a dewys, hag indella hy a sawyas hy bêwnans, nyns us dowt i'n bÿs. Miras orth an tarosvan hy a wrug ha'y dewlagas ales.

"Hedna a gerdhas tro ha'n tan hag a esedhas in cader ha'y geyn tro ha Joan, an eyl torn ow clappya orto y honen, tres aral ow wherthyn yn isel in y vriansen, kepar ha pàn ve neppyth orth y dhydhana meur. Inter y dhewla ev a sensy neb pùsorn gans meur rach. Lebmyn ev a worras an pùsorn wàr y dhewlin hag a dhallathas y dava, in udn glappya ha wherthyn yn isel kepar ha kyns. Heb fysky màn, ev a dhallathas dysmailya an qweth esa adro dhodho. Ena adhesempys neppyth poos, rônd, a wrug diank in mes a'y avel ev ha rolya wàr an leurlen yn spladn dhe weles.

An dra-na o pedn Mêstres Webber.

"Scrija a wrug Joan i'n tor-ma, ha wàr udn labm hy a savas ha mos avell seth dre an daras ha fia dhe'n fo mes a'y skians an grysys wàr nans hag aberth i'n parleth, mar calla diank dre an fenester. Kyns hy dhe hedhes an fenester, hodna a ve herdhys yn egerys gans nebonen a'n tu aves, ha Joan a godhas inter an brehow a nebes tus esa ow sevel ena. Re erel a wrug settya dalhen i'n den muscok ha'y hùmbronk in kerdh.

"Nyns o pell wosa hedna may whruga vy hedhes an chy," yn medh Jack. "Yth esa Joan a'y groweth wàr an sôfa, ha medhek ow menystra dhedhy. Ganso yth esa gwithyas an foljy may teuth an muscok anodho. Yn medh an gwithyas: 'Kettel wodhyen bos dienkys an muscok-na, ny a dheuth obma desempys, rag i'n keth chy-ma ev a ladhas y wreg y honen deg bledhen alebma, ow trehy hy fedn.'

"Nebes wosa hedna Joan a veu kemerys fèst yn clâv gans terthen an impydnyon, ha trynya pell a wrug an venyn vohosak inter bew ha marow. Pàn dheuth dh'y ewn skians arta, ny wodhya hy tra vŷth a'n whar-vedhyans uthyk-na. Dre vercy Duw, yth esa gwagla yn hy hov dres an termyn-na.

"Mes hy blew êth yn whydn avell ergh."

De Wet

(*Hembrynkyas an Boers: ha mar veur o y sleyneth,
bythqweth ny ylly an Sowson y gachya.*)

In udn dreveglos ogas dhe'n Ty wàr'n Heyl, scant
nyns esa den na'n jeva hogh; ha re anodhans a's teva
dew: onen dhe vos ledhys yn porhel, ha'y gela dhe vos
peskys rag y salla warbydn wâv. Ha gwydn y vŷs seul
a'n jeffa inwedh peder res a tâtys i'n gwel wàr denewen
an meneth: moy es hedna ny wre va govyn orth an
bŷs-ma.

I'n dreveglos-ma yth esa 'clùb mogh' a dhew ugans
esel. De Sadorn, pùb esel a della udn sols dhe'n arhow
kebmyn, hag ena y a wre tôwlel predn, pyw a gaffa an
dhew ugans sols may halla prena porhel, Bytegyns,
dew gentrevak yth esa na's teva naneyl hogh na porhel,
ha'n reson o aga bos re vohosak dhe dylly sols pùb
seythen.

Kescowetha specyal brâs o an dhew-na, ha'ga
henwyn o Jim Daly ha George Hoblyn.

Yn medh George, udn jŷdh: "Res porres yw dhyn-ny
cafos hogh, Jim; hedna a via rial dra, re'm ena! Mès

22

abàn nag eus genen mona lowr may hyllyn ny agan dew bos esely a'n clùb, me a lever dhis pandra wren ny. Kê dhejy ha govyn cubmyas a vos esel, ha me a wra dha gomendya. Ena tylly dha sols pùb seythen te a wra, ha me a vydn ry dhis whednar. Pàn gyffy porhel, ny a'n pewvyth agan dew, ha'n termyn pàn vo devedhys dh'y ladha, ny a gebmer pob y hanter. Rag milwell yw hanter-hogh, re'm lowta, ages bos heb tra vÿth."

Indella y a wrug. Na nyns o res dhe Jim gortos pell kyns cafos y dhesir, rag 'n secùnd seythen an predn a godhas dhodho ev ha ganso an dhew ugans sols.

Ev êth lebmyn, brâs y lowena, hag a brenas porhel: onen du, ha nebes nosow gwydn wàr y geyn.

"Pandr'esta ow predery anodho, ow hothman?" ev a wovydnas orth George.

"Well, yn pòr wir, eskern brâs eus dhodho. Ganso pàn vo debrys lowr, ev a wra sur posa ugans scor.

Yn medh Jim: "Kyns ès hedna, ev a wra debry meur a tâtys, ha ken, a seg ha bleus barlys heb mar vÿth."

"A! gwra, gwra, nyns eus dowt màn. Lebmyn kebmer cùssul genef vy. Lavar dhe Polly dha wreg may rollo dhodho y brëjyow boos a dermyn. Bÿth ny yll porhel ombesky heb cafos boos lowr, ha hedna a dermyn.

(Jim a'n jeva crow mogh, ha George ny'n jeva nagonen; indella an porhel a veu gorrys dhe driga in crow mogh Jim, ha dhe Jim y feu rÿs an ober a'y besky).

"Yma an gwir genes, a gothman, yn tefry. Ev a'n jevyth boos lowr, me a'n te. A wrusta clôwes a'n ponvotter a'm beu orth y hùmbronk a'n varhas?"

"Na wrug, ger vÿth. Te a'feu ponvotter ganso? Lavar dhybm fatla."

"Ponvotter, dhe wir, me a'm beu. Dar! whesa a wrav ha me ow predery anodho. Ny wrug avy kelmy lovan orth y arr, a welta, ha hedna y cothfia dhybm y wil, heb mar. Well, kettel dheuth ev in mes wàr an strêt, otta va ow ponya wàr an fordh tro hag Arwednak ha me orth y holya in udn arma "Sensowgh fast an hogh du na!" Scon yth esa mebyon vian oll an dre orth y helghya, ha'n hogh ow labma in mes a'ga gavel kepar ha ky. Awos an tros a wrug an flehes, ha'n hogh ow talleth tobma, ev êth yn fuscok fèst ha trailya aberth in gwerthjy Bailey, le mayth esa meur a badellow pry wàr an leur. Whegh a'n re-na ev a dorras kyns bos chacys in mes a'n chy.

"Nessa, ev a bonyas avell dorgris aberth yn shop lestry Mêstres Rosevear, hag ena ev a dorras kebmys plâtyow may feu res dhybm tylly seyth sols. Namnag êth i'n ostel an *Lowarn ha Helgeun* dre an daras arag, preder hedna! na ve bos den ena dh'y lettya. Hedna a ros dhodho what wàr y bedrednow ha heb let an hogh êth adro dhe'n gornel ha dre dharas an chy brîhy. "Re Vyhal! hebma a vŷdh an dyweth anodho" a grias Bob an halyor, neb esa ow mos dhe'n chy brîhy i'n keth prŷjweyth-na, "Ev a dheu in mes a'n jynweyth yn selsyk, heb wow!"

"Bytegyns ny veu indella, rag ev a scappyas arta in udn wîhal, wosa degemeres what aral gans an jynor. Hag ev ow ponya crackya codna tro ha'n daras, ev a godhas pedn wàr woles ha goles wàr vàn aberth in neb sort cawn o leun a goref, ow scùllya an coref a bùb tu. Ha lies tra aral ev a wrug kyns es hedhes tre!"

"An jevan!" yn medh George, "marth a'm beus na wrug terry y arr."

"Diogel yw na wrug terry y arr. Ow therry vy ev a wrug, pò ogas dy, ha me a woffyth oll an câss yn scon pàn dheffo an gwithyas cres ha govyn mona rag an damach re beu gwrÿs gans an hogh-na. Dhodho me re ros an hanow 'De Wet,' drefen na ylly den vÿth y gachya!"

An kensa seythen, an teylu a'n jeva whel lowr ow qwitha De Wet in y grow. Pesqweth may feu va gorrys in y grow, ev a labmas dres pedn an yet, hag i'n dyweth res o tackya dew blank adreus rag y lettya a dhiank an fordh-na arta. Oll an jÿdh gwîhal ev a wre, ow cortos y ly pò y gynyow pò y gon. Y fedha ow roha heb hedhy, ow sevel wàr y arrow adhelergh, ha'y bedn a ugh an plankys.

"Ass yw meur tros an hogh-na eus genes, Mêstres Daly," yn medh onen a'n gentrevogyon, ha Mêstres Daly a worthebys: "Gwir a leverta re Dhuw a'm ros! Dhodho yma ewl dhe voos a vyttyn bys in nos: na bÿth ny ylla cafos lowr, pygebmys bynag a ryllyn ny dhodho dhe dhebry."

Fordh nowyth a vewa a dhallathas dhe Jim, pàn brenas an hogh. Yn le scùllya y dermyn ow posa warbydn fos an tavern, ev o gwithys bysy ow cafos boos dhe De Wet; ha res o dhodho glanhe an crow mogh ha cùntell reden adhywar denewen an vre ha'ga lesa wàr leur an crow, may halla an hogh bos moy attês.

Pòr avarr myttyn a'n kensa Sabot wosa dos De Wet, yth hapyas bos Mêstres Daly ow miras dre hy fenester. "James!" hy a armas, "Yma an hogh in mes wàr an vre. Deus totta! Jim! Ted! Tobm! (ow kelwel hy thry mab) dewgh desempys. Gallas an hogh in mes a'n crow, hag otta va wàr an vre!"

"Gorr nebes bleus kergh i'n kelorn ha dora hedna genes," yn medh hy gour.

"Bleus barlys te a vydn leverel, Jim."

"Gwir a leverta, Polly. Nyns oma whath cowldhyfunys, a welta."

"Dewgh lebmyn, boys, heb strechya, rag yma va ow mos tro ha lowarth Mêster Trevelyan, ha nefra ny'n chacyn alena heb gwil damach lies pens."

Ott ensy oll: Mêstres Daly ow ton an kelorn, Jim hy gour ha'n try mab ow ton pob y lorgh, ha'n pymp anodhans owth eskydna an vre wàr hast, ow crambla war vàn gwella godhyens, in udn whetha, cot aga anal.

"Deus obma, ow gwas vy," a grias dhe'n hogh, in udn dhiena, "cossa dha geyn (*wheth*) me a wra rag an drogtorn-ma (*wheth*). Te, Polly, dysqwa dhodho an kelorn." (*wheth*).

"Tig-tig-tig" Mêstres Daly a ujas, hag ena isella hy lev: tig-tig-tig."

An hogh a savas stag ena ha miras ortans udn pols; mès an pÿth a welas ny blegyas dhodho, dell hevel; rag ev a rohas unweyth ha trailya adro hag ena ponya tro ha den esa ow sevel nebes a ughto wàr an vre.

John Somers, an bugel, o hedna.

Warlergh an hogh in udn stevya oll y êth, ha John Somers a viras ortans, sowthenys brâs dell o va. Ena yn medh ev: "Pandra vydnowgh why gwil? Me a bew an hogh-ma."

"Dar! te a'n pew?" yn medh Jim, ha'y lev ow crena, "Well, dhe wir, yma va poran kepar ha'gan De Wet ny, ha hedna ny a bredery y vosa. Ny vern. Dhyn gava gwra, John, ny a'th pÿs, ha'n pymp a dhallathas skydnya an vre. Devedhys pàn êns y arta dhe dre, y a welas De

Wet ha'y bedn a ugh an plank kepar dell ve a'y oos, hag ev ow cortos y ly.

Meur a wherthyn yth esa y'n dreveglos wosa hedna, an whedhel pàn veu clôwys.

Wosa nebes mîsyow a besky, De Wet o parys dhe'n kigor.

"Dewgh in nans dhe'n lowarth," Jim a wre leverel dhe'n gentrevogyon, "Y carsen cafos agas breus ow tùchya y boos. Me a grÿs ow honen y vosa neb êtek scor."

"Re Jovyn, James, ev yw sur onen fèst tew, bryntyn y jet," ha gans an vreus-na yth êns y oll unverhës.

I'n dreveglos-ma, y cotha dhe neb a ladha hogh radna nebes a'n kig inter y gentrevogyon: hèn o an ûsadow, ha pubonen a wre an keth torn dâ in y dro. Mêstres Daly a gafas lies darn kig mogh yn ro gans hy hentrevogyon hy, ha tôwlys o gensy dhe dylly an gendon sconha galla. Mès hy gour nyns o mar barys dhe wil kekefrÿs.

Godhal o Jim abarth y das, ha Kernow abarth y vabm. Ev a whilas cavanskeus may halla goheles gwil y dhevar, ha'y wreg a glôwas a'y anvoth hy a'n towl o tôwlys ganso. Res o dhodho derivas an dra orth George, neb a bewo hanter an hogh; hag indella an nos kyns y ladha Jim êth dhe weles y gothman.

"Ot obma James, neb a vydn dha weles wàr vater tykly, George," yn medh Mêstres Hoblyn dh'y gour.

"Deus aberveth, Jim," yn medh hedna.

"Nâ, deus genef vy pols bian dhe'n lowarth, George. Yma genef dhe gows taclow pryva."

Wosa y dhe gerdhes bys in pedn goles an lowarth, George a wovydnas: "Pandr'yw an kevrin, Jim?"

"Well, te re glôwas, heb mar, y fanaf ladha an hogh avorow; ha'n dus a wra gwetyas yn sur degemeres dhyworth Polly darnow kig kepar dell re rosons dhedhy hy a brỹs dhe brỹs."

"Hedna yw gwir, den. Kê in rag!"

"Lebmyn, te a wel, mar ren ny tam kig dhe oll an dus eus trigys i'gan ogas, bohes a vỹdh gesys dhyn ny may hyllyn ny y salla warbydn wâv. Well, intredhon ny ha'n fos-ma, hèm yw an kevrin: Wosa ladha an hogh, ev a vỹdh cregys a wel dhe oll an dus wàr an bagh aves dhe'n daras arag, a welta-jy, dell yw an ûsadow: hag i'n tyller-na ev a vỹdh bys in gordhuwher. Well, dyworenos me a vydn don an hogh ajy dhe'n chy, ha ternos leverel me a wra dhe'n gentrevogyon nebonen dhe dhos worth golow nos ha'y ladra in mes a'n daras. Dell welta, me a vỹdh in gwiryoneth neb re'n cudhas, ha—"

"Ea, dell leverta, me a wel yn tâ," George a whystras in tewolgow an nos. "Yw hedna oll an kevrin?"

"Yw," yn medh Jim.

"Well, nos dâ lebmyn," hag yth êth George ajy dhe'n chy, ow predery bos meur a woos an Godhal in gwithy Jim, Kernowes kynth o y vabm.

Govenek brâs a's teva an dus, ow cortos an jỹdh meur may fe ledhys an hogh du. An jỹdh a dheuth, kefrỹs an kigor. Yth esa dowr tobm ow pryjyon wàr bùb olas rag gweres Mêstres Daly. Wosa ladha an hogh, yth o Bill Symons an kigor pòr vysy gans y gollel ha'y dhowr tobm, ow cravas an reun adhywar grohen De Wet, neb a veu cregys wosa hedna wàr an bagh ryb an daras: ha pob a'n jeva marth a'y vrâster.

"Hogh brav, a nyns ywa!" yn medh onen, ha Mêstres Daly a worthebys: "Re Varia, yw! Onen brav fèst ywa, yn sur. Ha hedna ev a dal bos, rag ev a dhebras ogas dhe ugans canspos a vleus barlys."

Y teuth Jim tre a'y whel, ha kebmys yth o va movys may labmas y golon rag ewn waityans: rag yth ova whansek dhe weles an nos ow tos may halla don an hogh ajy. Wosa cona ha megy pib, yn medh ev dh'y wreg: "Polly, doroy an lamp genes sy may cafaf golow rag don an hogh ajy. Lebmyn dhe'n whel! Poos ywa, heb mar vÿth, bytegyns ny vÿdh ev re boos dhybmo vy, me â ragtho!"

Ev a egoras an daras.

"Pywa, pÿth yw an jowl! Polly, gallas an hogh in kerdh. Nyns usy ev obma in le vÿth!"

Y wreg a armas: "A'n gwadn-ober-ma ny dheu tra vÿth vas, Jim, dell leverys dhis liesgweyth. Ogh, tru! lebmyn wosa mîsyow a whel cales, ha ny orth y vaga, gallas agan gober genen, ha gallas an hogh inwedh!"

"Taw, te venyn, taw abarth an Tas! A vynta dyfuna an dreveglos?" ha wàr udn labm yth êth Jim adreus dhe'n strêt dhe weles George Hoblyn.

"Wel, otta bobm truesy yw codhys warnan ny, George!" yn medh-ev.

"Pandra wher dhis, Jim?" a wovydnas George.

"Gallas an hogh in kerdh!" Jim a grias.

"Ha! hèn yw bryntyn, dhe wir! Lavar an dra inketella, hag oll an dus a wra cresy dhis, yn sur certan!"

"Nâ, ny wrêta convedhes, George; yth yw gwiryoneth a lavaraf. Deuva ladron, ha'n hogh gallas gansans, pùb tabm, anodho ma nag eus ol in le vÿth!"

"Ea, dâ yw hedna yn tefry, Jim. Den vÿth ny yll y naha pàn esta ow côwsel i'n vaner-na!"

"An jowl a wor, George, nag esof ow qwil ges. Gallas an hogh glan dhe ves!"

"Dâ fèst!" yn medh George, cosel ha dybreder, "Glen orth an whedhel-na yn tydn, ha res vÿdh dhe'n gentrevogyon..."

"Goslow, George, dell y'th pesaf: gyllys yma va, gyllys dhe ves, jevody. Ogh, ellas! Unweyth a callen y dhaskemeres, y rosen tabm anodho dhe'n gen-trevogyon in kettep pedn, Duw yn test!"

"Porth cov a'n ambos-na," yn medh George, owth egery daras an gegyn: hag ena er y lowena Jim a aspias De Wet yn crog orth an nenbren.

Yth esa George ow wherthyn ha kebmys ev a wharthas, may feu res dhe Jim gwil kekefrÿs.

Strif

Wàr vin an tir sëgh usy a'y sav in enesow bian a-ugh an dowrow usy owth istyna a bùb tu in mes a wel yma crugydnow a hevel bos crellas a bredn, hag y gesys adhelergh gans an liv. Dhe bùb crugyn yma nebes scavellow, udn voos a wrians garow, udn cùbert bian, hag udn galtor vian a horn.

Bytegyns, an caltoryow-ma yw yeyn, ha yeyn y re beu nans yw seythednow, rag nyns eus cunys dh'y lesky in dadnans. An dowrow re loncas pùptra,

Pup onen a'n crugydnow-ma yw oll myns eus gensys a jy ha bargen tir. Yma pùptra aral a'y wroweth in dadn an liv, le mayth usy an trevasow kekefrÿs; plynsys dell yns y, saw heb bos mejys bythqweth.

Adro dhe bùb crugyn a salvaj otta cùntellys bagas a dus, tas, mabm, ha'ga flehes, ha martesen den coth pò benyn goth, kyn nag eus lies a'n re-na.

Inter an tasow ha'n mabmow yma sort a strif tawesek, uthyk y vaner.

Pÿth yw an strif-ma?

Obma yma udn tas, hag ev tiak yonk, ow tôwlel golok wherow orth y wreg yonk. Res yw aga bos fèst yn yonk pàn vowns demedhys. Dhedhans kynth eus pymp flogh, nyns yw an tas saw neb whegh pò seyth bloodh warn ugans, ha'n vabm yw yonca whath.

Den crev, tewedhak, an tas, tanow kynth ywa lebmyn. Mès onen yw ev kepar dell vŷdh kefys yn fenowgh i'n pow: den a gar y dir, hag ev prowt a'y welyow ar, ha'y dheys a ŷs melen, ha'y drevasow dâ erel. Ev yw prowt a oll anodhans, drefen aga bos an frût a'y lavur, ha prowt ywa inwedh a'y allos dhe erbysy hag a'y skians brâs a wonys tir. Yma dhodho fâss sad, nebes cales, mès fâss dâ yw, hag indella yth yw i'n eur-ma, wherow kynth yw y spyrys: dewlagas lel eus dhodho, codhys in dysper kynth yw ev.

Ny vydn an vabm miras orto marnas yn pryva, hag ena trailya dhe ves hy a wra uskys. Hy re beu mowes tecka an pow, rônd hy dywvogh, ha'y horf a via semly ha crev, na ve y vos lebmyn mar danow. Mès hy dewlagas ymowns down in hy fedn, ha'y blew du yw mostys ha dysevys gans an gwyns, rag ny veu crîbys gensy lies dŷdh. Hy gwessyow yw desehys ha dyslyw, kyn fŷdh hy prèst ow passya hy thavas warnodhans dh'aga glybya.

Hy yw fèst yn fysy, ha hy prèst ow qwitha wàr hy flehes. Dew anodhans ny wrowns hy gasa nefra. Yma an eyl ow tena hy brodn, nag yw i'n eur-ma saw tabm a grohen wedhrys, crigh. Awos hedna, gensy yma confortys an creatur bian, ydhyl, hag ev a vŷdh ow kyny nebes le.

An flogh aral yw mowes vian dew vloodh: creatur bian crîhys, neb a drig tawesek in bregh hy mabm.

An try flogh aral ny wrowns gwaya nameur, mès onen anodhans pàn slynkyo a'n eyl tu ha mos in ogas dhe vin an dowr, cria a wra an vabm desempys, ha nyns yw hy pÿs dâ erna's teffo pùb flogh in hy ogas arta, may hallo y dava gans hy dewla.

Meur hy yw gyllys in prederow, kyns oll i'n nos. Scantlowr hy a gùsk badna, ha hy a with oll hy flehes adro dhedhy. Canqweyth hy a wra dyfuna a nappa cot ha passya hy dewla uskys dres an flehes. Usons y ena in kettep poll—oll an pymp anodhans? Py ma an vowes aral? Obma yma hy, sur. Ymowns y obma. An tas mar qwra kebmys ha gwaya, hy a gry yn tydn.

"Pÿth us? Pandra wrêta?"

Traweythyow an tas a dhalleth hy mylega yn wherow. Hy a wor prag y's mylyk. Hy a dew, heb wortheby udn ger, mès hy a sens hy flehes nes, hag yma hy orth aga nyvera arta hag arta i'n tewolgow.

An myttyn pàn dheu, hy a omwra gonys bysy, kepar ha pàn ve gensy meur a voos dhe barusy. Hy a lenow padellyk a dhowr hag a'n kebmysk gans nebes a'n bleus eus gesys dhodhans. Hy a whila leverel yn lowenek: "Parde, yma genen moy bleus ès dell brederyn. Yma lowr rag bewa orto lies dÿdh whath."

Hy a wra mayth ello an vrâssa ran, dhe'n tas, ha hy a let an dhew vab a wil son, dhedhy own brâs ha hy ow miras liesgweyth orth an den, neb a vir stag ortans, morethek, heb cows ger. Hy radn hy yw an lyha oll, kyn whrello hy meur a dros orth hy debry. Mara kyll, ny gebmer hy tabm vÿth, owth omwil bos heb nown.

Mès an tas nyns yw tùllys, hag ev a gry: "Ny vanaf dha asa jy dhe verwel a nown may hallo an re-ma bewa, na vanaf nes!"

Nyns ywa pÿs dâ erna's gwello hy ow sensy an padellyk dh'y gwessyow hy honen. Hy a dheber pùb tebmyk in lemygow bian may whrello hevelly bos moy.

Mès in despît oll dh'y facya hy, an gour a wor yn tâ mar vunys yw aga stoff a vleus, ha fatell usy an flehes ow cria rag boos. Y ny vydnons pùb eur-oll cola orth aga mabm pàn whila hy gwil dhodhans tewel; ha'n dhew vab a dhalleth ola traweythyow. Yth êns y stowt ha yagh an vledhen kyns, ha gansans lowr dhe dhebry, ha ny gonvedhons màn fatell yw bos devedhys an dowr ha cudha oll an tir indelma; ha dhodhans y yth hevel bos res dhe'n tas yn sur ombredery neb fordh in mes a'n ancombrynsy.

Ena mos ev a wra dhe esedha ryb an dowr, ow corra y dhewla wàr y dhywscovarn hadre vo y vebyon owth ola. Ot obma an termyn may fÿdh bejeth an vabm rewys rag ewn uth, ha hy a bÿs hy mebyon, in udn whystra i'ga scovornow: "Na wrewgh dh'agas tas bos dygolon. Bedhowgh cosel!" Hag y pàn welons hy fâss, own a's kebmer hag y a dew, owth omglôwes bos peryl, mès heb godhvos pana beryl ywa.

Indella yma an strif tawesek, uthyk, ow pesya inter an tas ha'n vabm.

Pùb dÿdh-oll yma an bleus i'n ganstel ow lehe, ha'n dowrow nyns usons owth omdedna. Pùb nos yma an vabm ow nyvera hy flehes i'n tewolgow.

Mès ny yll mos heb cùsk bys vycken. Devedhys yw an nos may res dh'y horf storvys cùsca, ha hy yw gyllys in cùsk heb y wodhvos. Yma hy dywvregh istynys dres an flehes avell kyns, mès hy ny wor tra vÿth pàn sev an tas in bàn ha whystra dhe'n dhyw vowes vian, neb a'n sew nebes fordh heb own. Wosa nebes prÿs, ev a dhewhel hepthans, in udn drebuchya, hag a wroweth wàr an leur i'n tewolgow.

Menowgh ev a hanas poos a dhownder y golon, trueth y glôwes .

Ha'n jÿdh ow tardha, desempys an vabm a dhyfun. Uth a's kebmer, ha hy ow codhvos kyns ès dyfuna kyn fe, dell veu hy in cùsk. Otta hy owth istyna hy dewla ha tava an flehes. Ple ma an dhew aral? Hy a scrij hag a sev wàr udn labm wàr hy threys, desempys gyllys crev. Hy a bon bys in hy gour. Hy a'n sens ev fast hag a scrij dhodho: "Ple ma'n dhew flogh?"

A'y eseth yma va, plattys wàr an leur, y dhewlin tednys in bàn ha'y bedn ow posa warnodhans. Ger vÿth ny worthyp.

Yma an vabm in mes a'y rewl. Yma hy owth ola yn whyls, ha hy a shak an den orth y dhywscoth, hag a scrij dhodho: "Me yw aga mabm! Me yw aga mabm!"

Hy scrija a dhyfun pùbonen y'n crugydnow truethek erel. Mès son a lev nyns eus nagonen. Pob a wor pandr'yw an strif ena. Yma strif haval dhodho in pùb le.

An vabm a dhalleth kyny uthyk, ha hy a lever in udn dhiena: "Bÿth ny alsa mabm gwil tra a'n par-na! An tasow yth yw neb na gar aga flehes hag a scon dhedhans nebes boos!"

Ena, ha nahen, an den a gows. Ev a dhrehef y bedn adhywar y dhewlin, ow miras orth an venyn in golow gwadn an myttyn, hag ev a lever in dadn y anal: "A brederta na wrug avy aga hara?" Ev a drail y bedn in kerdh, ha pols bian wosa hedna ev a lever arta: "Y ny wrowns storvya namoy!" hag adhesempys, heb tros, ev a dhalleth ola. Hag ow qweles y fâss mar veur grevys, an vabm a dew, hy inwedh.

Geler an Den Coth

Yth esa Jowan Trypconyn, marchont, a Strêtyn Myhal, in treveglos Tregarrek, ow trehy kig mogh pàn dheuth an wycoryon ajy dhe'n shoppa.

Try den yth esa, gansans udn venyn ha mowes vian diarhen, hag y a sevy in udn bagas ryb an daras.

Wosa miras ortans udn wolok, yn medh Jowan:

"Myttyn dâ, a dus vas."

"Myttyn dâ, Mr Trypconyn," yn medhans y.

Tobmys o an cauns gans an howl wosa an glaw myttyn avarr, hag yn medh an brâssa a'n wycoryon: "Dÿdh teg ywa; dhe wir. Ny a vydn dha weles ow tùchya geler dhe'n den coth."

"Pygebmys yw y hës?" '

"Adro dhe hës Wella yma va," ow tysqwedhes onen a'n dus.

Wella a savas in rag, ha'n marchont gans udn lagas orth y vrusy.

"Neppyth inter hir ha cot ywa?"

"Yw, mès ev a yll bos nebes hirra pàn varwo."

"Ytho, an den coth, nyns yw marow?" yn medh Jowan. "In enewores ymava," yn medh an venyn, "ev a vÿdh marow kyns ès vyttyn, ha'y asa a'y wroweth termyn hir ny vydnyn ny, rag pòr goth ywa."

"Pÿth yw y oos?"

"Peswar ugans ha deg bloodh yw, dell brederaf."

"Ev yw hy thas," yn medh an gwycor brâs, ow tys-qwedhes an venyn, neb a besyas: "Seyth ahanan eus, ha me yw an yonca"

"A vydnowgh why geler pòr sempel?" yn medh Jowan.

"Yth yw an gwella a yllyn ny gwil rag an den coth."

Ombredery pols a wrug Jowan, kyns leverel:

"Mos in bàn dhe'n soler gwrewgh, ha drewgh dhe'n leur pÿth a vydnowgh, ha gwaityowgh na wrellowgh damach."

An wycoryon êth in bàn, owth eskydna an grysys predn derow heb son. Ha Jowan ow settya y varchondîs in y le (an dagyow, an hanter-hohas, ha'n arhow tê) y clôwa aga habmow cosel i'n soler. Ena y teuthons in nans gans geler pòr sempel ha'y gorra wàr an gader.

"Dewdhek sols, hodna yw," yn medh Jowan.

An wycoryon a bes heb dyspûtya, hag y êth alena ow ton an eler in kert glas bys i'n vounder mayth esa aga thrigva."

Ternos, dhe howlsedhas, an wycoryon a dhewhelys, an gwas brâs ow leverel:

"Mêster Trypconyn, an den coth nyns yw marow awos agan prederow ny, dhe Dhuw re bo grassys."

Cravas y bedn a wrug an marchont.

37

"Indella," yn medh an gwycor, "dell welta, res vÿdh dhyn ny dascor an eler dhis rag an dewdhek sols a wrussyn ny ry rygthy, genes mara pleg hedna."

Dyblans o dhe weles dhyworth fâss Jowan na wrug an tybyans plegya dhodho, hag yn medh ev:

"Yma own dhybm na yll hedna bos. Mès goslow: otta an pÿth a wrav. Me a vydn ry dhis dha vona arta in kig mogh ha tê."

A hedna an wycoryon o pÿs dâ lowr, ha'n try den a dhug an eler sempel dhyworth aga hert glas in bàn i'n soler, ha Jowan a dharbaras dhodhans an kig mogh ha'n tê bys in pris a dhewdhek sols. An wycoryon a drussas an taclow i'ga hert, ha kyns es mos in kerdh, y a wodhya meur ras dhe Jowan, ow leverel: "Benytha sensys on ny dhis."

Wosa hedna, Jowan a alwhedhas hag a brednas y dharas. Yth o gwir: an eler sempel o dewhelys dhodho ev; bytegyns an bargen o onen dâ lowr, hag anodho Jowan o pÿs dâ. Yth esa nos a gùsk ow tos, wheg ha hir, ha hedna a blegya dhodho an gwella oll i'n bÿs. Ev êth in bàn dh'y wely, mès dallya udn spâss wàr bedn an grysys ev a wrug rag examnya an eler sempel. Ena yth esa, cowal ha dien, heb mar maga tâ avell onen nowyth.

Bytegyns, inhy yth esa an den coth, hag ev maga farow avell kenter daras!

Merk an Vabm

In udn tyller pell aberveth yn gonyow gwastas Rùssya yth o trigys teylu bohosak: an tas, an vabm ha'ga meppyk deg bloodh.

Termynyow cales dhe'n bobel gebmyn in Rùssya o an re-na, hag in despît oll dh'aga whel crev, scant ny ylly an teylu-ma dendyl pegans lowr dhe vewa. Ha mars o drog aga cher i'n hâv, milweyth o va i'n gwâv, gyllys in prederow mayth o an vabm, mur hy fienasow ow tùchya hy flogh.

Udn jÿdh, y teuth dhe'n crowjy neb marchont in y garr slynkya, ha drefen nag esa chy aral i'ga ogas ha'n nos ow tegensewa, y a gemeras trueth orto hag a ros dhodho an udn gwely o gansans.

Scon an marchont a glôwas mar vorethek o bohosogneth an teylu. Bytegyns an meppyk a blegya meur dhodho, hag ev mar scav y dreys, bew y skians, lowenek y fâss; hag awos hedna ev a brofyas y gemeres adhywar aga dewla ha ry dhodho whel dhe wil in y sodhva y honen i'n dre bell mayth esa y drigva.

Kensa, ny vydna an tas ha mabm assentya. Trystans a gemeras an vabm hag own a's teva, crena may whrug ow predery mar wag via an chy heb hy meppyk. Mès fatell cafos dhodho boos lowr dres oll an gwâv, hy ny wodhya.

An marchont a hevelly bos coweth lel, wheg y gnas. A ny via gwell gasa hy meppyk in y herwyth ev bys i'n termyn may fe aga bêwnans nebes moy êsy? An marchont a dhedhewys desky dhodho scrifa, may halla danvon traweythyow lyther dhe'n dus coth, hag i'n dyweth assentya a wrug an dhew. Ternos vyttyn y a abmas dh'aga meppyk rag an torn dewetha, ha hirneth y a sevy dhyrag an chy ow miras warlergh an carr slynkya erna veu gyllys pell aves dh'aga gwel.

Tremena a wrug an bledhydnyow. Y teuth nebes lytherow adhyworth an mab. Menowgh ev a wre dedhewy dewheles dhe dre kettel ve ganso dendylys mona lowr may hallens y bewa warbarth in cres, mès prest ow kyny yth esa na'n jeva mona lowr whath.

Kepar ha'n radn vrâssa a'n dus kebmyn in Rùssya in dadn an Tsar, ny wodhya an tas ha mabm redya na scrifa, ha'n oferyas yth o, neb a wre redya. aga lytherow dhodhans ha danvon ger wardhelergh dhe'n mab, ha'n vabm a wre gorra hy merk wàr dhywerth pùb lyther.

Wàr an dyweth hedhy a wrug an lytherow. Gyllys colh yth o an tas ha mabm lebmyn: cothwas keyngrobm o an eyl, ha benyn goth pednwydn o y gela. Cales re bia aga bêwnans bys i'n eur-na, ha codha in dysper y a wrussa, heb mar vŷth, na ve udn dra a's kentrydnas dhe dhurya, ha hedna o an govenek a's teva a weles aga mab unweyth arta kyns ès merwel: a hedna y a hunrosas ha dyfun hag in cùsk.

40

Udn nos i'n gwaynten mayth êns y parys dhe vos dhe'n gwely, y teuth knouk wàr an daras. Y a'n egoras, hag awotta den brâs in cres y oos, ha ganso barv dew ow cudha y fâss, ow sevel wàr an truthow. Ino yth esa neppyth lowenek y semlant. Ev a gôwsas in udn wherthyn colodnek, ha'y lev down, crev, a lenwys an rom.

"Marchont me yw," yn medh-ev, "hag a veu sowthenys gans an nos wàr ow fordh dhe Nizhni-Novgorod," hag ev a's pesys a ry dhodho scovva dres nos. "Yma genef meur a vona, dell welowgh," yn medh ev, ow shakya pors leun dhyragthans, "ha coll ny'gas bÿdh awos hedna. Leverowgh pygebmys y coodh dhybm pe, ha why a'n cav, yn sur."

Ev ny welas an wrihonen a skians kevrînek a wolowas dewlagas an dus coth: hag indella ev ny ylly godhvos yth esa i'n vynysen-na may feu genys inhans an Preder Meur.

Y a wovydnas orto dos ajy, hag y a worras boos ha dewas aragtho. Ev a dherivas orta fatell o an bêwnans i'n dre vrâs, ow wherthyn traweythyow kepar ha pàn ve ganso neb tabm dainty na wodhya den vÿth anodho saw ev y honen

Bohes a gowsas an den coth ha'y wreg. Esedhys yth êns y, onen a bub tu dhe'n olas, ha'n den astranj intredhans, ha'n lamp wàr an bord adrëv dhodhans. Ny wrug an dus coth miras an eyl orth y gela unweyth, mès miras stag orth an tan y a wrug ha'ga lagasow prederus fèst. Yth esa an tan ow merwel.

An marchont a savas, hag yn medh-ev.

"Well, ternostadha! Res vÿdh dhybmo sevel avarr myttyn, ha heb mar why yw parys dhe gùsca. Nos dâ!"

hag ev êth in mes. Y a'n clôwo eskydna an grysys bys i'n chambour, hag ena degea an daras. Nebes wosa hedna y tewys pùb son. Cosoleth an nos a wrug skydnya war an chy.

Lebmyn rag an kensa prÿs, hell aga gwayans, an dhew a wrug miras an eyl orth y gela. Yth esa neb govynadow in dewlagas an gour; ha'n wreg a blegyas hy fedn, kepar ha pàn vydna gortheby yn assentys. Ena pesya dhe esedha y a wrug, ha'ga dewlagas wàr an tan kepar ha kyns.

Udn eur, dew eur, teyr eur a wrug tremena. Ger vÿth ny veu côwsys. Inter aga dewla otta devedhys wàr an dyweth an main may halla bolùnjeth aga bêwnans bos collenwys. Wàr an dyweth otta aga hunros ow tos ha bos gwir. Yth o pors an marchont onen brâs, pos, ino mona lowr, yn tefry. A callens danvon an mona dh'aga mab kerys i'n dre bell, y halsens y weles ev arta yn scon.

Dewlagas an dhew a omvetyas, inhans hireth ha govenek yn kemeskys. An wreg a ros sin dh'y gour, neb a savas hag a gemeras adhywar an bord an gollel hir esa warnodho. Eskydna an grysys ev a wrug—heb gwil son, hag ev a gafas daras an chambour heb y alwhedha. Pols bian ev a woslowas yn tydn orth an den astranj ow renky yn yagh hag ev ow cùsca poos: hag ena avell lader ev a nessas dhe'n gwely. Udn bobm ev a ros, ha hedna a veu lowr...

Ev a gemeras an pors hag a dheuth dhe'n leur dh'y wreg. Yth esa hodna ow sevel a'y sav ryb an bord, orth y wortos-ev. Gorra an pors wàr an bord ev a wrug, ha'y wreg a'n egoras. Yth o leun a vona ha banknôtys, bys in cansow a bensow.

A woles dhe'n pors hy a gafas box bian hag ev gans snod cogh kelmys. Pandra alsa bos in hebma? Hy a dhygolmas an snod ha hy a egoras an box...

Lytherow! degow anodhans! Whans brâs a's teva an wreg a wodhvos an kevrin anodhans, ha hy a gemeras onen in mes a'n golo rag y viras; Duw an nev! Pandr'eus obma? Hy êth gwydn hy lyw ha dalleth crena. Hy gour a dôwlas udn wolok uskys wàr an lyther hag ev êth gwydn y lyw kekefrÿs. Y a dednas kettep lyther in mes a'n golo, an eyl warlergh y gela, ha wàr kettep onen y a welas merk an vabm, an merk re bia gwrÿs gensy nans o bledhydnyow tremenys pàn vydna hy dysqwedhes dh'y mab yth o rygthy hy may feu scrifys an lyther!

Nebes ha nebes, uthycter an gwiryoneth a wrug codha avell hunlef bys in colon an tas ha'n vabm. Sevel a'ga sav namoy ny yllens; ha'n jÿdh pàn dheuth ha tardha yeyn ha loos aberth i'n rom lobm, nyns o dhe weles mès dyw bobel goth, hag y esedhys omlavar onen a bùb tu dhe'n olas heb tan; ow miras diegrys orth crugyn bian a lytherow wàr an bord, hag angus uthyk i'ga dewlagas.

An Tiak Gocky
ha'y Wreg Fur

Yth esa kyns in plu Wendron udn tiak ha'y wreg, hag oll myns a's teva wàr an norvÿs o crowjy, buwgh, ha gavar. An den o nebes gwadn y skians, may feu gelwys "pedn pyst" gans an dus. Mès y wreg o benyn fur, ha'y gour pàn fylly in y negyssyow, hy a wre settya compes pùptra wàr y lergh.

Udn myttyn yn medh an wreg dh'y gour: "Te, goslow. Hedhyw yma an varhas in Helles. Fatell via mara teffes ha kemeres agan buwgh dy? Scant nyns usy hy ow ry leth màn; ha'n gora yw fèst ker an vledhen-ma, ma na yllyn ny hy gwitha na fella." Ha wàr an dra-na yth o an dhew unver.

An den coth a wyscas y bows wella hag a gemeras y lorgh in mes a'n gornel kyns ès mos aberth y'n bowjy rag hùmbronk an vuwgh dhe ves.

"Mès bÿdh war! Gwait na vy jy tùllys," yn medh y wreg.

44

"Bÿth na gebmer own a hedna," a worthebys an gour, neb na wodhya y honen y vos bobba, "Y fÿdh res dhodho sevel avarr, neb a vydno ow thùlla vy."

An den coth-ma o berr y wolok, hag ev pàn o devedhys i'n bowjy, ny ylly scant leverel pyneyl o an vuwgh ha pyneyl o an avar.

"Tety valy!" yn medh-ev dhodho y honen, wosa nebes ombredery, "kemeres an vrâssa a'n dhyw me a vydn," ha gans hedna ev a dhygolmas an vuwgh ha'y hùmbronk in mes a'n bowjy.

Namnag o va gyllys mildir wàr an fordh, pàn dheuth try den yonk wàr y lergh, hag y ow mos dhe'n varhas kekefrÿs. Meur a vona nyns o gansans, bytegyns y a's teva nown ha sehes lowr dhe dheg den. Hag y ow qweles an tiak ha'y vuwgh, ervirys êns y dhe wary cast warnodho.

"Hayl, coweth dâ," a grias an kensa a'n try, ha'n dhew aral ow cortos adhelergh, "A vynta jy gwertha an avar-na? Pygebmys a wrêta govyn rygthy?"

"An avar?" yn medh an tiak, nebes sowthenys, "An avar?" hag ev ow miras an eyl torn orth an vuwgh, tres aral orth an den yonk, dyscryjyk y semlant.

"Ea, yn sur," yn medh hedna, "Y rov dhis whegh pens rygthy."

"Gavar?" yn medh an tiak arta, hag ev a shakyas y bedn, "Ow buwgh avy yth o hy, yn tâ dell brederyn, pàn dhallethys hy hùmbronk dhe'n varhas; ha seul voy yth esoma ow miras orth an best, dhe voy y prederaf bos an gwir genef. Buwgh yw hy yn tefry; gavar nyns yw hy màn."

"Ass osta gocky!" a worthebys an den yonk, hag ev ow talleth kerdhes wàr rag, "Pana vuwgh a vynta jy clappya anedhy? An best-ma yw an avar moyha tanow re welys in ow dedhyow, Duw yn test! Nyns yw mès knes hag eskern. Gwell via dhybm gwitha ow whegh pens!" hag ow cows indella ev êth dhe ves.

Nebes wosa hedna y teuth an nessa a'n try.

"Ha! tiak, a nyns yw teg an awel hedhyw?" an lorel a dhallathas, hag ena: "Pandr'eus obma genes-sy? Gavar! Otta vy wàr an fordh dhe'n varhas rag prena onen. A vynta gwertha hobma? Y rov dhis pymp pens rygthy, ren ow barv!"

"Hm, hm," yn medh an tiak, ow shakya y bedn hag ombredery kepar dell sew: "Hèm yw an secùnd a lever ow bos ow ledya gavar. Camdyby a allaf? Kebmys o an fysky o genef pàn y's kerhys hy a'n bowjy! Na ny wrug an best-ma egery y anow unweyth wàr an fordh. Bryvya mara mydna, ena y whoffien yn tâ pyneyl ywa, an avar pò an vuwgh. Nefra nyns av dhe'n bowjy arta heb kemeres an wreg genef, na wrav nes!" '

"Ytho, mar ny vynta gwertha an avar dhybmo, mos dhe'n varhas me a wra," yn medh an atla, "Bytegyns pymp pens a hevel dhybm sur meur a vona rag best mar danow. Genes farwell!"

Ena y teuth an tressa lorel. "Ha! tiak, yw an avar-na dhe wertha? dhybm lavar. Me a vydn hy hemeres, mès moy es peswar pens ny rov rygthy."

An tiak bohosak a savas stag ena, ow cravas y bedn. "Te yw an tressa re wrug clappya a avar," yn medh-ev, "mès buwgh yw hobma eus genef kelmys orth an lovan-ma."

"By Godys fo! res yw dha vos dall pò medhow," a worthebys an tressa atla, "Kettep flogh a alsa leverel dhis nag eus buwgh genes orth an lovan, saw gavar fèst tanow!"

"Hm," yn medh an tiak, hag ombredery ev a wrug indelma: "Me a wor yn tâ lowr me dhe ledya in mes a'n bowjy an best a sevy ogas dhe'n daras. A alsa ow gwreg aga chaunjya hedhyw vyttyn, martesen, ha kelmy an avar ryb an daras? Bytegyns, pàn aspiaf glew, yth hevel dhybm bos agan gavar ny nebes berra hy lost!"

"Well, fatell vŷdh hy? A gafaf vy an avar?" ha gans an geryow-na an lorel a dednas peswar pens in mes a'y bocket.

"Hm," yn medh an tiak, gyllys meur in ancombrynsy dell o, "Mars yw hy dhe wir agan gavar ny, me a vydn gwil dell vynta. Mès y fynsen me dhe ry an best dhe'n kensa prenor, hag ev ow profya dhybm whegh pens ragtho!"

Ev a worras an mona in y bocket hag a wrug dewheles dhe dre. Mès an lorel a gemeras dhe ves an vuwgh wàr an lovan, orth hy hùmbronk yn lowen bys i'n varhas.

Marth a's teva an wreg pàn wrug hy gour dewheles ha ry dhedhy an peswar pens. "Mès an vuwgh a veu kemerys genes," yn medh hy gans sorr, "hodna a dal ugans pens dhe'n lyha, re Varia! yn tâ dell wodhes sy."

Gans hedna hy êth ganso dhe'n bowjy, hag ena yth esa an avar ow sevel ryb an presep hag ow pryvya. Yth êth an den coth yn omlavar rag ewn varth. Wosteweth ev a grias: "Mès fatell alsen vy gwil ken? Try den yonk, an eyl warlergh y gela, a leverys hy bos gavar, ha—"

"Try den yonk!" y wreg a dorras in y gows, "Y o an keth re-na, heb mar vŷth, neb a wrug tremena wàr an fordh-ma hedhyw vyttyn ha govyn orthyf adro dhe'n

fordh dhe'n dre. Dell brederaf yn sur, y a wra gwertha
an vuwgh dhe'n kensa gwycor a dheffons y wàr y bydn,
a hedna nyns eus dowt màn. Wosa hedna, dhe'n tavern
y a wra mos ha debry hag eva myns a vydnons. Ytho,
res yw porres dhyn ny gwil neppyth desempys. Te, kê
dhe'n dre heb let na strech. Bytegyns gwysk ken dyllas
i'th kerhyn, ha gorr dha hot gwella wàr dha bedn ma na
allons y scon dha aswonvos. Me a vydn dysqwedhes
dhis fatell ylta gwil an prat dhodhans, ha pyw a wor,
martesen ny a gav an mona wàr dhelergh in kettep
debma."

An try lorel a wrug in gwir gwertha an vuwgh dhe
udn gwycor a sùm dâ a vona, ha lebmyn yth esens in
tavern *An Vuwgh Gogh*, ow tebry kig restys hag eva
coref, gwydn aga bÿs…

Nebes wosa hanter-dÿdh, y teuth udn tiak dhe'n
tavern hag esedha orth an bord hag erhy peynt a goref.
An ost a gerhas dhodho an coref, ha'n tiak a wovydnas
"Pygebmys a dal dhybm pe?" An ost a henwys an sùm,
hag ena an tiak a savas hag a drailyas y hot unweyth
adro. Ena ev a esedhas arta hag a evas y goref.
Tergweyth ev a wrug an keth dra-na, ha kettep prÿs
may fydna tylly an scot, trailya y hot adro ev a wrug,
ha'n recken a veu tyllys.

All tiak-ma o an keth hedna hag a veu tùllys gans an
try lorel. Et a dheuth gans y wreg rag aga whilas, ha'n
dhew a's cafas i'*n Vuwgh Gogh*. Ena an wreg a gemeras
an ost adenewen hag a dherivas orto oll an câss. "Mès
y hyllyn ny daskemeres agan mona, dell gresaf yn tâ,
agan gweres ny mara mynta," yn medh-hy.

Y cotha dhe'n tiak mos heb whetha corn bys i'n stevel debry hag eva, ha pesqweyth may feu trailys y hot ganso, an scot a vedha tyllys.

An ost o pÿs dâ a'n gwary ges, ow predery hedna dhe vos dydhan fèst.

Kensa, an try lorel ny wrug vry a'n tiak ha'y vaner goynt a dylly an scot. Bytegyns wosa ev dhe sevel nessa ha tressa gweyth ha trailya y hot adro, yth êth onen anodhans in mes a'n rom ha kemeres an ost adenewen, ha govyn orto ow tùchya an hot. An ost a omwruk sad, hag yn medh ev, kevrînek y fysmant: "Ea, hèm yw tra varthys, re'm lowta. Bythqweth in ow dedhyow ny welys hot a'n par-na. Dos aberveth a wrug an den-na hag erhy peynt a goref. Pàn vydna tylly, ny wrug saw sevel in bàn ha trailya y hot adro, hag i'n keth mynysen-na yth esa an mona ow tynkyal in ow focket-vy. Kensa, yth esen ow tyby hedna dhe vos dres gallos mab den dh'y wil, mès gwir a lavaraf dhis: 'prevy yw moy ès tyby'."

An lorel a dhewhelys dh'y gescowetha hag a dherivas ortans ow tùchya an hot marthys.

"Res yn dhyn porres cafos an hot-na," yn medhans y, "costyens a gostyo."

Lebmyn an try a esedhas orth bord an tiak ha dalleth omgows ganso. Yn medh an kensa anodhans:

"Awotta hot teg eus genes, re'm ena! Pygebmys a vynta jy govyn ragtho?"

"A'm hot vy esta ow côwsel?" a worthebys an tiak, "Mès hedna nyns yw dhe wertha. Te a dal godhvos nag ywa hot kebmyn. Pesqweth may fo va trailys adro genef, an recken yw tyllys." Gans hedna ev a drailyas an hot adro an peswera gweyth, ha marth a's teva an westion a weles an ost ow tedna an mona in mes a'y bocket, ow leverel "tyllys!"

"Bytegyns henwel neb pris ragtho gwra, dell y'th pesyn," an lorels a grias.

"Ev nyns yw dhe wertha," a worthebys an tiak kepar ha kyns.

Mès y ny vydnens gasa cres dhodho. Hag y prest owth inia warnodho mayth hanwa dhe'n lyha neb pris rag an hot, i'n dyweth an tiak a wrug cria: "Yn tâ, ytho, y wertha me a wra a ugans pens."

Hèn o an sùm poran re bia degemerys gans an lorels rag an vuwgh; ha mar lowenek yth êns y a'n bargen, may whrussons nyvera an mona stag ena ha'ga gorra wàr an bord arag an tiak, neb a's kemeras heb fysky ha'ga gorra hell in y bocket. Ena ev a ros dhodhans an hot, ha kerdhes wosa hedna yn cosel in mes a'n rom, ha dalleth y hens tro ha tre.

Lebmyn an try êth dhe davern aral, gansans an hot marthys, may hallens omlowenhe oll warlergh aga bodh. Scant nyns esens ena hanter-eur esedhys, ow tebry hag eva, may whrug onen anodhans cria:

"Assaya agan hot marthys gwren! Hay, ôstes, pygebmys a dal dhyn ny pe?" An ôstes a henwys an sùm, an lorel a savas in bàn ha trailya an hot adro, ow cortos clôwes an pÿth a via leverys gans an ôstes. Bytegyns hodna a sevy yn cosel heb cows ger; hag abàn na ros an den an mona dhedhy, yn medh hy: "Well, y prederyn dha vosta whansek dhe dylly an scot?"

"Te, whilas in dha bocket gwra!" a worthebys an den, "rag yma obma hot marthys: pàn esof orth y drailya adro, an mona a wra scon tynkyal in dha bocket jy!"

An ôstes a worras hy dorn in hy fockettys, onen hag
onen, mès heb cafos debma inhans, ha hy a dyby na
wrug an den mès scornya gensy.

"Gorta!" an den a grias, "martesen me a wrug trailya
an hot yn cabm," ha gans an geryow-na ev a'n trailyas
adro a'n cledh dhe'n dyhow. Mès sowyny ny wrug
hedna namoy es kyns: awos oll y drailya, tynkyal ny
wrug an arhans in pocket an ôstes.

"Tety valy!" a grias an secùnd lorel, "nyns esta ow
convedhes an dra. Gas vy unweyth dhe wysca an hot."
Gans hedna ev a settyas an hot wàr y bedn, hag ena y
dhisky ha'y drailya a'n eyl tenewen, kefrÿs a'n tenewen
aral. Bytegyns in pocket an ôstes whath ny wrug
tynkyal mona vvÿth oll.

"Ny wodhowgh why agas dew tra vÿth!" a grias an
tressa, hag ev serrys brâs, "Rewgh dhybmo vy unweyth
an hot. Gwelowgh, indelma y res dhywgh y drailya,"
ha'y drailya adro ev a wrug, hell, gans meur preder.
Bytegyns spedya ny wrug hedna gwell ages an re erel.
In despît dhe oll y ehen, hag ev orth y drailya
liesgweyth hag in lies maner, a'n mona nyns esa ol!

"An tiak-na-re wrug gwary tebel-gast warnan, an jowl
dh'y lesky!" yn medhans y, an eyl dh'y gela. "Ogh, y
fynsen a pe an gwas genen obma!"

Mès yth esa an tiak in chy, ev ha'y wreg, nans o pell.
Hag ev pàn dednas an mona in mes a'y bocket, yn
medh ev: "A ny wrug avy leverel gwiryoneth dhis: 'Y
fÿdh res dhodho sevel avarr, neb a vydno ow thùlla vy'!"

Tewel a wrug y wreg, heb cows ger vÿth, rag hy o
gwreg fur.

Whedhlow
an Seyth Den Fur
a Rom

Dioclecyan o an Emprour in Rom. Ha wosa y wreg Eva dhe verwel ha gasa udn mab yn er dhedhans, ev a elwys dhodho seyth den in mesk tus fur Rom. Ot obma aga henwyn: Bantillas, Augùstùs, Lentilùs, Malqwidas, Catomas (o marhak len), Jesse ha Martînùs.

Ha'n dus-na, pàn dheuthons, y a wovydnas orth an Emprour pandr'a vydna ev anodhans ha prag y whrug ev aga gelwel ena.

"Otta an praga," yn medh an Emprour, "Udn mab dhybm yma, ha me a vydn govyn orthowgh why pyw a y coodh dhybm y ry dhodho may hallo desky grâss ha dader, manerow teg ha megyans dâ."

"Inter me ha Duw," yn medh Bantillas, onen a dus fur Rom, "dhybmo vy a pe rÿs dha vab rag y veythryn,

52

warbydn dyweth an seyth bledhen me a wrussa desky dhodho kebmys a wòn vy, me ha'm whegh kescoweth."

"Ea," yn medh Augùstùs, "an mab bedhens rÿs dhybmo vy, ha warbydn dyweth an whegh bledhen me a wra may whothfo oll myns a wodhon ny agan seyth."

Yn medh Catomas: "Worth an prow a'n jeffo an mab a'y allos ha'y skians, worth hedna y tedhewaf y dhesky."

"Mar pÿdh ev rÿs dhybmo vy dh'y veythryn," yn medh Jesse, "me a vydn y dhesky gwella gyllyf, tasveth dhodho mar pedhaf."

Ha wosa an seyth den fur dhe dhedhewy desky an mab i'n fordh wella a wodhyens, an Emprour o ervirys dhe ry y vab dhedhans aga seyth dh'y veythryn. Ha chy a veu derevys dhedhans ogas dhe dhowr Tyber a'n tu aves dhe Rom, in tyller o teg, hewel, gwastas, sëgh. Hag y a scrifas an seyth skians oll adro dhe'n chy, hag y a dheskys an mab ernag o athves y vrÿs, fur y lavarow, dooth y wythresow.

Hag i'n keth termyn-na an Emprour a dhemedhas gwreg. Ha wosa ev dh'y herhes dh'y lÿs ha cùsca gensy, govyn a wrug hy orth onen hag aral mars esa er dhe'n Emprour. Hag udn jÿdh hy a dheuth dhe jy gwragh heb udn dans in hy fedn, ha leverel dhe'n wragh, "Abarth Duw, ple ma flogh an Emprour?"

"Nyns eus dhodho mab nagonen," yn medh an wragh.

"Govy," yn medh an Empres, "y vos heb mab!"

Ena an wragh a leverys, "Ny res dhis duwhanhe. Dargenys yw y'n jevyth ev flogh. Ha martesen ahanas jy ev a'n cav, kyn na'n caffo a aral. Ha na vÿdh trist; udn mab yma dhodho, hag ev meythrynys gans tus fur Rom."

Hag ena hy a dheuth dhe'n lÿs, ow lowenhe yn frâs, ha leverel dhe'n Emprour: "Prag y fynta keles dha flogh dhyworthyf vy?"

"Ny vanaf y geles namoy," yn medh ev, "hag avorow ny a wra may whrellons y dhanvon wàr dhelergh."

"An nos-na, ha'n mab ha'y dhescajoryon ow kerdhes adro, y a welas in clerder an ster ha movyans arwedhyow an Zôdyak, y fia marow an mab marnas ev a ve gwithys dre sleyneth. Ha'n mab inwedh a welas hedna. Hag ev a leverys dh'y dhescajoryon: "Mara'm gwithowgh vy seyth dÿdh dre'gas furneth, me a wra omsawya ow honen an êthves dÿdh."

Ha dedhewy y witha saw y a wrug.

Ha ternos, otta canasow dhyworth an Emprour owth erhy dhedhans dry an mab rag y dhysqwedhes ev dhe'n Empres nowyth. Ha wosa y dhos dhe'n hel ha'y wolcùbma gans y das ha'n dus, ny leverys udn ger namoy ès den omlavar.

Ha'n Emprour a wrug gorhebmyn may fe va drÿs adherag y lesvabm. Ha hy, pàn y'n gwelas, a wrug dywy gans kerensa orto hag a'n dros dhe jambour pryva. Ena hy a wrug avowa hy herensa. Ha'n mab a's dyspresyas hag a asas an chy. Ha hy, pàn welas hy dyspresya, hy a wrug garm uhel, uth y clôwes, ha hy a dhystryppyas hy fedn a'y degednow ha'y wysk, ha tedna hy blew melen ha'y asa in benow sqwerdys, ha ponya tro ha chambour an Emprour. Ha marth yw na veu brêwys pednow hy besyas, drefen mar gales y frappyas hy dewla warbarth, ha hy ow mos arag an Emprour dhe blaintya hy outray ha'y defolya warbydn an mab.

Ha'n Emprour meur y sorr, a dos maga town ty dell wodhya: kensa, awos y vab dhe remainya omlavar, nag o gweth ganso a pe va marow ès bew; nessa, awos an bysmer a wrug dhe'n Empres, na vedha y vêwnans ino pella ès ternos.

1. Arbor (An Wedhen)

Ha'n nos-na an Empres a leverys dhe'n Emprour: "Y whyrvyth dhis awos dha vab, kepar dell wharva kyns dhe'n binwedhen vrâs awos an binwedhen vian esa ow tevy rypthy, hag udn scoren a'n wedhen vrâs ow lettya an wedhen vian a devy. Hag an an bùrjes, neb a bewa an gwëdh, a erhys dh'y lowarthor trehy dhyworth an binwedhen goth an scoren esa ow lettya an wedhen vian a devy. Ha wosa trehy an scoren, an wedhen goth a wedhras yn tien, hag ena an bùrjes a erhys hy threhy oll. Kepar ha hedna y whyrvyth dhyso jy awos dha vab a ressys dhe'n seyth den fur dh'y veythryn. Rag gwil myshyf dhyso, yma va in dadn gel ow whilas unya an vryntynyon rag dha dhyswil, may hallo ev y honen rewlya heb let."

Ha serry a wrug an Emprour, hag ev a dhedhewys y dhystrêwy ternos. Ha wosa ev dhe spena an jÿdh ha'n nos owth onora ha dydhana an Empres, in yowynkneth an jÿdh ternos an Emprour a savas hag omwysca ha mos dhe jy an seneth. Ha whare ev a wovydnas orth an dus fur pana vernans a'n jeva y vab. Hag evna Bantillas a savas in bàn ha côwsel indelma:

"A Arlùth Emprour," yn medh ev, "Mars yw awos y dhe remainya omlavar y fÿdh ledhys an mab, ewnha yw kemeres tregereth anodho awos hedna ages y debel-dhyghtya. Rag moy ankensy yw an defowt-na dhodho ev ages dhe dhen vÿth aral. Mars yw awos cùhudhans an Empres, ena y whyrvyth dhyso ow tùchya dha vab poran kepar dell wharva kyns dhe udn marhak bryntyn ow tùchya milgy esa dhodho."

"Pandra veu hedna?" yn medh an Emprour.

"Ny'n lavaraf dhis re'm ena! marnas te a rollo dha er na vÿdh ledhys dha vab hedhyw."

"Na vÿdh ledhys wàr ow fay!" yn medh ev, "ha te lavar dhybm dha whedhel."

2. Canis (An Ky)

"Yth esa kyns in Rom udn marhak, ha'y lÿs orth tenewen fos an cyta. Hag udn jÿdh y feu tournay ha joustys inter an varhogyon. Hag yth êth an arlodhes ha'y hoscar in bàn wàr an fos rag miras orth an joustys, heb gasa den vÿth i'n lÿs saw unsel udn vab an marhak ow cùsca in y gowel lesca, ha'y vilgy a'y wroweth in y ogas.

Hag awos knighyas an vergh, ha gwres an jousters, ha son an guyow owth omweskel warbydn an scosow, gorowrys aga rygolow, y tyfunas sarf in fos an castel ha mos bys in lÿs an marhak, ha gweles an mab in y gowel, ha slynkya snell bys dhodho. Mès kyns ès hy dhe settya dalhen ino, an milgy scav y dreys a labmas warnedhy. Ha gans an omlath ha'n omdowl intredhans, an cowel a veu omwhelys ha'y bedn awoles ha'n meppyk ino. Ha'n ky scav ha lybm, bryntyn y gnas, a ladhas an sarf ha'y gasa sqwerdys dhe dybmyn ryb an cowel.

Ha pàn dheuth an arlodhes ajy hag aspia an ky ha'n cowel gosys, dos warbydn an marhak hy a wrug, in udn arma ha scrija, ow kyny an ky dhe ladha hy udn vab. Ha'n marhak rag ewn sorr a ladhas an ky. Hag awos plegya dh'y wreg, ev a dheuth dhe viras orth an meppyk. Ha pàn dheuth, yth o an meppyk fèst yn tâ in dadn an cowel, ha'n sarf in darnow munys in y ogas.

Ass o drog gans an marhak ladha ky mar dhâ avell hedna, awos lavar hag iniadow y wreg! In ketelma yw whra wharvos dhyso jy, mar teuta ha ladha dha vab awos cùhudhans hag iniadow dha wreg."

Hag ena an Emprour a dos na vedha an mab ledhys an jÿdh-na.

Ha wosa gorfedna aga cùssulyow ha'ga debâtya, y teuthons dhe'n hel. Ha pàn wodhya an Empres bos gwell gans an Emprour cows ages debry, dalleth an cows hy a wrug dre wovyn orto mar peu ledhys an mab.

"Nag yw, wàr ow fay!" yn medh ev.

"Me a wor," yn medh hy, "yth yw tus fur Rom, neb re wrug hedna. Bytegyns y whyrvyth dhyso, mar teuta ha cola ortans, poran kepar dell wharva kyns dhe'n badh gwyls awos an bugel."

"Pandra veu hedna?" yn medh an Emprour.

"Wàr ow fay! ny'n lavaraf marnas te a rollo dha er y fÿdh ledhys an mab avorow."

"Ledhys ev a vÿdh, re'm ena!" yn medh ev.

3. Aper (An Badh Gwyls)

"Ot obma an whedhel," yn medh hy. "Yth esa perbren, glas y varednow, in udn forest in Frynk. Ha marnas frût a'n wedhen-na, ny vydna an badh debry frût a wedhen vŷth aral i'n coos. Hag udn jŷdh an bugel a aspias an wedhen, ha gweles an frûtys anedhy bos teg hag athves ha wheg aga blas, ha cùntell pùsorn anodhans ev a wrug. Ha gans hedna, otta an badh ow tos. Ha ny gafas an bugel spâss saw dhe grambla dhe bedn an wedhen, ha ganso an pùsorn, rag own a'n badh. Ha'n badh, abàn na gafas ev an frût herwyth y ûsadow, renky ha deskerny y dhens ev a wrug. Hag ev a welas an bugel i'n wedhen. Ha'n bugel, pàn welas hedna, dyllo an frût dhe'n badh ev a wrug. Ha'n badh, pàn gafas lowr, a gùscas in dadn an wedhen. Hag ev ow cùsca, an bugel a skydnyas dhe'n leur ha trehy briansen an badh gans collan.

Indella y whyrvyth dhe'n Badh a Rom, ha frût an emporeth a vŷdh kemerys dhyworto."

"Re'm ena!" yn medh an Emprour, "Ny vŷdh ev bew pella ès avorow."

Ternos, hag ev serrys yn frâs, mos dhe jy an seneth a wrug an Emprour hag erhy dhesempys ladha y vab. Hag ena Augùstùs a savas in bàn ha côwsel indelma:

"Duw dyfen na wrelles ow tùchya dha vab kepar dell wrug Hippocrâtes ow tùchya y noy."

"Pandra veu hedna?"

"Re Dhuw a'm ros! y leverel ny vanaf erna rylly dha er na vÿdh ledhys an mab hedhyw."

"Na vÿdh ledhys, wàr ow fay!"

4. Medicus (An Medhek)

"Hippocrâtes o an gwella medhek i'n bÿs, ha dhodh yth esa noy, mab y whor. Ha pàn dheuth cadnas dhyworth mytern Ùngary owth erhy dhe Hippocrâtes dos dhe yaghhe y vab, neb o clâv heb gwaityans, ny ylly ev mos, mès ev a dhanvonas y noy in y le ev.

Ha'n gwas pàn dheuth dhe'n lÿs, ev a aspias glew orth an mytern ha'n vyternes hag orth an mab. Hag abàn na welas ev i'n mab tabm vÿth a gnas an mytern, ev a wovydnas orth an vabm pyw o y das, rag na ylly y yaghhe marnas ev a wodhya natur ha gnas an goos may teuth anodho. Hag ena hy a leverys hy dh'y gafos in avoutry gans an Yùrl a Navarra. Hag ena ev a erhys may fe rÿs kig a ojyon yonk dhe'n mab, erna ve cowl yaghhës.

Ha wosa y dhos tre, y whovydnas y ôwnter orto fatell wruga yaghhe an mab.

"Gans kig a ojyon yonk," yn medh ev.

"Mars yw gwir a leverta, a goweth," yn medh y ôwnter, "in avoutry y feu denethys."

"Hedna yw gwir," yn medh an noy.

Ha pàn welas ev y noy dhe vos mar godnek avell hedna, ev o ervirys dh'y ladha, hag ev a erhys dhodho kerdhes ganso pols bian. Ha wosa y dhe dhos dhe udn tyller a'n eyl tu in mes a wel tus, ev a gôwsas orth y noy: "Me a glôw," yn medh ev, "sawour losow wheg."

"Me a'n clôw inwedh," yn medh an noy, "A vynta jy aga hafos?"

"Manaf," yn medh ev.

Ha'n noy ow stôpya rag cùntell an losow, y wana gans collan a wrug y ôwnter, may codhas yn farow dhe'n leur.

Hag ena pùb den oll a gablas Hippocrâtes, hag y feu emskemunys.

Hag indella, a Arlùth Emprour, y whyrvyth dhyso jy ha te a vŷdh emskemunys, mar qwrêta ladha dha vab hag ev gwiryon."

"Na wrav, wàr ow ena!"

Ha'n nos-na, wosa debry, govyn a wrug an Empres mar peu ledhys ganso an mab.

"Nag yw yn tefry," yn medh an Emprour.

"Ea," yn medh hy, "tus fur Rom re wrug hedna. Ha mar teuta ha goslowes ortans ow tùchya dha vab, y whyrvyth dhyso poran kepar dell wharva kyns dhe'n den a veu trehys y bedn gans y vab, hag a veu encledhys i'n rom bian."

"Fatell veu hedna?" yn medh ev.

"Ny'n lavaraf dhis, wàr ow ena! marnas te a rollo dha er y whrêta ladha an mab avorow."

"Ot! y rov dhis ow ger y fŷdh ev ledhys."

5. Gaza (An Arhow)

"Nans yw pell, dell glôwys vy, yth esa in Rom Emprour, hag ev an whansecca den i'n norvÿs a bÿth an bÿs-ma. Ha wosa ev dhe lenwel tour a owr hag arhans ha gebmow a bris, ev a worras den crefny rych ha fel yn gwithyas wàr an arhow.

I'n eur-na yth esa i'n cyta udn den bohosak, brâs y golon, ha dhodho mab o gwas yonk, scav ha hardh. Ha'n den ha'y vab a dheuth worth golow nos dhe bedn an tour ha terry ajy ha don dhe ves myns a vydnens a'n tresour. Ha ternos, pàn dheuth an gwithyas dhe viras an tour, stoff dyvusur a'n dâ re bia ledrys.

Hag ena ombredery yn fel a wrug an gwithyas, hag ev a worras keryn glus ewn-demprys arag an tour i'n tyller may feu terrys, a calla cachya an ladron ha'ga dysqwedhes dhe'n Emprour, ma na'n jeffa dowt anodho ev.

Ha'n ladron, wosa y dhe spena oll aga fÿth, ow prena tir ha treven ha palycys, hag omdhydhana, a dheuth arta dhe'n tour. Hag y ow tos in mes, ow ton gansans aga fÿth rafnys, ny wodhya an tas erna veu i'n keryn glus bys i'n y rugys. Hag ena govyn cùssul ev a wrug orth y vab.

"Ken cùssul me ny woraf," yn medh an mab, "marnas trehy dha bedn gans cledha ha'y geles in tyller cudhys. Rag mara pedhys kemerys ha'th vêwnans inos, te a vÿdh grevys ha tormentys erna wrylly avowa an ladrans ha derivas pùp tra."

"Ogh! a arlùth mab," yn medh ev, "hedna ny wrêta dhybmo. An Emprour yw den moyha y dregereth i'n bÿs, ha'n tresour yw parys, ha'm bêwnans a gafaf may hallaf y restorya dhodho."

"Re'n jowl meur a gresaf ino!" yn medh an mab. "Ny vanaf gorra an try fÿth in peryl awos trehy dha bedn dhywarnas."

"Pana dry fÿth yw an re-na?" yn medh an tas.

"An tresour usy genef i'n eur-ma, ha'm bêwnans ow honen, ha'n tir ha'n mebyl re wrusta prena."

Ha warbydn kynda fèst dybyta ev a drohas pedn y das dhywarnodho.

Indella dha vab a wra dha ladha dhejy awos awell ha whans dhe'th wlascor, ha hy gwell ès an tresour."

"Wàr ow fay!" yn medh ev, "y vêwnans ny vÿdh ino pella ès avorow."

Ha ternos, pàn welas an jÿdh, ev êth dhe jy an seneth hag erhy ladha an mab. Hag ena Lentilùs a savas in bàn ha côwsel indelma: "A Arlùth Emprour," yn medh ev, "Mar qwrêta ladha vab, i'n keth vaner y whyrvyth dhyso dell wharva kyns dhe udn cothwas rych ow tùchya gwreg yonk deg esa dhodho hag a gara yn frâs."

"Pandra veu hedna?" yn medh an Emprour.

"Re Dhuw a'm ros! ny'n lavaraf marnas te a rollo dha er na vÿdh ledhys an mab hedhyw."

"Na vÿdh ledhys, wàr ow fay! ha te lavar dhybm dha whedhel."

6. Puteus (An Pith)

"Yth esa kyns cothwas loos jentyl, hag ev a dhemedhas mowes yonk jentyl. Ha wosa aga dos warbarth, nyns o pell kyns hy dhe worra hy sergh in dadn gel wàr was yonk a lÿs an arlùth. Ha hy a wrug ambos dhe vetya ganso. Hag adro dhe'n kensa radn a'n nos, mayth o possa hun hy gour, hy a savas in bàn hag a dheuth dh'y haror. Ha nyns esa pell wosa hy mos may tyfunas hy gour ha trailya in y wely. Ass o brâs an marth a'n jeva cafos y wely gwag heb y gowethes. Dre y sorr ha'y avy, sevel in bàn ev a wrug ha'y whilas in oll an chy. Hag abàn na's cafas, ev a dheuth arta dhe'n daras ha degea an daras yn fast, hag in y sorr ev a dos ty na wre hy gorra troos i'n chy-na hadre ve bew.

Ha hy, wosa cafos hy lanwes a wary kerensa gans hy haror, a dheuth nebes kyns an jÿdh dhe'n daras. Hag abàn na welas hy an daras yn egerys, erhy y egery hy a wrug.

"Indella me a'n te," yn medh hy gour, "bÿth ny vÿdh egerys dhis an chy-ma hadre vy bew. Hag avorow, a wel dhe'th kerens, me a wra ordna dha gnoukya gans meyn."

"Indella me a'n te," yn medh hy, "kensa me a vydn labma a'n tyller mayth esof abeth i'n pith-ma ha budhy, ages gortos dos ancow a'n par-na."

Ha hy a aspias men brâs in hy ogas. Derevel an men brâs wàr hy scoodh hy a wrug ha'y dôwlel ajy dhe'n pith, may feu clôwys son an coodh anodho dre oll an lÿs.

Hag edrek brâs a gemeras hy gour awos hedna, ha dos in mes a'n chy ev a wrug, a calla sawya hy bêwnans. Ha wàr udn hy êth yn fel ajy ha degea an daras fast, ha'y odros ev, rag ev dhe derry an demedhyans ha gasa an chy ha'y wely i'n termyn-na a'n nos.

Ha ternos, adhyrag brusyjy an cyta ha'n sodhogyon y feu res dhe'n gour godhaf an pain ha'n dial a gotha dhedhy hy y wodhevel rag hy drog-oberow.

Hag indella y whra dha wreg dha dùlla dhejy ow tùchya dha vab: rag hy yw drog ha dhe vlamya, ha'n mab yw gwiryon."

"Wàr ow fay!" yn medh ev, "Ny vÿdh ev ledhys hedhyw."

Ha wosa debry, an Empres a leverys: "Me a wor na wrug tus fur Rom gasa an mab dhe vos ledhys hedhyw."

"Na wrussons," yn medh ev.

"Wàr ow fay!" yn medh hy, "Dhis y whyrvyth, mar teuta ha goslowes ortans ow tùchya dha vab, poran kepar dell wharva kyns dhe onen a vùrjesy Rom ow tùchya gwedhen leun a frût, glas hy scorednow, o kerys ganso yn frâs."

"Pandra veu hedna?" yn medh an Emprour.

"Ny'n lavaraf, me a'n te, erna rylly dha er y fÿdh ledhys an mab avorow."

"Wàr ow fay!" yn medh ev, "ev a vÿdh ledhys."

7. Ramus (An Scoren)

"Ot obma an whedhel," yn medh hy. "Udn den a Rom a'n jeva perbren ow tevy in y erbyer, ha scoren deg ha compes ow tevy a ven an wedhen hag ow mos wàr vàn i'n air. Ha mars o druth dhe'n den an wedhen ha'y frût, moy druth vÿdh dhodho o an scoren awos hy thecter.

"Inter me ha Duw," yn medh y lowarthor, "a qwrelles jy warlergh ow hùssul, te a wrussa trehy an scoren dhyworth an wedhen."

"Prag hedna?" yn medh ev.

"Drefen nag yw certan y kefyth frût an wedhen hadre vo an scoren-na avell skeul bò mynk dhe debeles ha ladron, rag nyns eus fordh dhe eskydna an wedhen ha cafos hy frût saw wàr an scoren-na."

"Ren ow thas!" yn medh ev, "Ny vÿdh trehys tabm a'n scoren awos hedna namoy ès kyns."

"Ytho bedhens indella," yn medh an lowarthor.

Ha'n nos-na y teuth ladron dhe'n wedhen ha'y dystryppya a'y frût, ha'y gasa noth, brêwys hy scorednow, warbydn myttyn ternos.

Mar noth avell hedna a frût dha wlascor y whra tus fur Rom dha asa jy, mar ny wrêta ladha an scoren a vab usy dhis."

"Ledhys ev a vÿdh, wàr ow fay! myttyn avorow," yn medh ev, "kefrÿs an re erel pùb huny."

Ha ternos, awos y sorr brâs hag iniadow an Empres, mos dhe jy an seneth a wrug an Emprour hag a erhys ladha y vab ha tus fur Rom ganso. Hag ena Malqwidas a savas in bàn—den jentyl y gnas ha dooth—ha côwsel indelma:

"A Arlùth Emprour," yn medh ev, "Mars yw awos iniadow ha cabel dha wreg y whrêta ladha dha vab, te a vÿdh tùllys kepar dell veu tùllys an bugel gans an bleydh."

"Fatell veu hedna?" yn medh an Emprour.

"Ny'n derivaf, wàr ow fay!" yn medh ev, "marnas te a rollo dha er na vÿdh ledhys an mab."

"Na vÿdh ledhys, re'm lowta! ha te lavar dhybm dha whedhel."

8. Roma – Lupus
(Rom – An Bleydh)

"Ot obma an whedhel," yn medh ev. "Yth esa udn cyta rych ha crev i'n Ÿst, hag yth esa seyth den sotel, codnek, dooth ow qwetha hag ow rewlya an cyta. Ha crefter an cyta nyns esa in hy lu ervys ha'y bùrjysy, lemen in furneth an seyth den, ha'ga sleyneth.

Hag ena y teuth mytern crùel galosek hag a whilas fetha an cyta. Ev a omsettyas adro dhedhy ha gorra jynys wàr hy fydn; mès hedna ny amowntya dhodho màn, drefen mar godnek y whrug an seyth den gwitha aga cyta.

Ha pàn welas an mytern fel na ylly kemeres an cyta dre omlath, ev a dhedhewys, meur y goyntys, omdedna dhyworty heb omlath namoy orth hy thus, mara pe danvenys dhodho an seyth den-na. Ha'n bobel wocky, heb gweles an traitury ha'n galar o cudhys in dadn an delyow, a gresys in gowegneth ha fâlsury dedhewadow an mytern, hag y a gemeras an seyth den ha'ga helmy, ow predery aga danvon dhodho in mes a'n cyta.

Hag ena onen a'n dus fur a savas ha côwsel indelma:

"Ha! tus vas," yn medh ev. "I'n keth vaner y whyrvyth dhywgh why, mar cresowgh dhe'n mytern-na, drog y gnas, wosa why dh'agan gorra nyny in y allos, dell wharva kyns dhe'n bugel o tùllys gans an bleydh."

"Fatell veu hedna?" yn medhans y.

"Yth esa bleydh hager fèst ow whilas y dro may halla ladha an bugel ha'y enevalles. Mès an gavelgeun, buan ha lybm, esa gans an bugel, ny asens chauns nagonen dhodho, naneyl i'n coos nag i'n pras. Ha'n bleydh, pàn welas hedna, ev a dhedhewys cres ha cosoleth bys vycken dhe'n bugel ha'y enevalles, mar mydna cachya y geun ha'ga helmy ha'ga ry dhodho ev. Ha'n bugel gocky a gresys dhe fâls-lavarow an bleydh, hag a ros y geun dhodho. Ha'n bleydh a ladhas an keun yn snell, ha wosa hedna an enevalles, hag i'n dyweth an bugel.

Indella y whra an tebel-vytern-na agas ladha why oll, mar cresowgh dhodho, wosa ev dh'agan ladha nyny."

"Duw dyfen na wrellen cresy dhodho, na whath agas gorra why bynytha in y allos!"

Hag ena, warlergh cùssul an seyth y a wrug fetha an mytern ha'y ladha.

Hebma, a arlùth, a lavaraf dhis yn lel: kepar dell vynsa ev aga ladha y mar cressens dhodho, ha dell veu ledhys an bugel gans an bleydh awos cresy dhodho, indella y whra dha wreg dha ladha dhejy inwedh mar cresyth dhedhy, ha mar qwrêta agan ladha nyny awos hy iniadow."

"Na wrav, wàr ow fay!" yn medh ev.

Hag ena, wosa debry, an Empres a gôwsas orth an Emprour indelma: "Kepar dell vŷdh sawour an del ha'n flourys ow tedna an helgy dhyworth fler an helgig erna vŷdh kellys an lodn ganso, indella yma tus fur Rom orth dha dedna jy gans aga geryow teg ha'ga lavarow owrek ow tùchya dha vab, erna gylly dha wlascor ha'th

71

gallos. Rag i'n keth vaner y whyrvyth dhyso, mar cresyth dhedhans, dell wharva kyns dhe'n Emprour Gracyan."

"Pandra veu hedna?" yn medh ev.

"Wàr ow fay!" yn medh hy, "ny'n lavaraf, marnas te a rollo dha er y fÿdh ledhys dha vab avorow."

"Ledhys ev a vÿdh, re'm ena! Ha fatell veu hedna?"

9. Virgilius (Virgil)

"Ot obma an whedhel," yn medh hy. "Virgil," yn medh hy, "a worras peul in Rom, poran in cres an cyta, ha myrour hus wàr bedn an peul. Hag i'n myrour-na tus an seneth a wely pynag oll a whilens a wlasow an bÿs, na saffa nagonen wàr aga fydn. Ena mos y a wre dhesempys warbydn an wlas a vydnens, ha'y fetha. Ha'n peul ha'n myrour a wrug dhe bùb gwlas oll perthy own a dus Rom moy ès kyns.

Hag ena an mytern a Apûlya a brofyas rychys heb nyver dhe neb a vydna omgemeres an whel a dhywredhya an peul ha terry an myrour. Hag ena dew vroder a savas in bàn ha côwsel indelma: "A arlùth mytern," yn medhans y, "Mar teffen ny ha cafos dew dra, ny a wrussa dywredhya an peul."

"Ha pÿth yw an dhew dra-na?" yn medh ev.

"Agan exaltya whare dhe onour ha dhe dhynyta, ha ry dhyn lebmyn an pÿth usy othem anodho i'n eur-ma."

"Pandr'yw hedna?" yn medh ev.

"Dew valyer leun a owr," yn medhans y, "rag an whansecca a owr wàr an norvÿs yw an Emprour Gracyan."

"Ha hedna why a's bÿdh," yn medh an mytern.

Ha'n owr a veu darbarys dhedhans. Hag y êth gans an owr dhe Rom, ha worth golow nos y a encledhyas an dhew valyer in ogas dhe'n cyta ryb an fordh veur. Ha ternos y teuthons dhe'n lÿs ha dynerhy an Emprour ha profya bos tus dhodho.

"Pana whel bò pana greft a wodhowgh why, mara's degemeraf why avell tus dhyn?"

"Ny a wor," yn medhans y, "pàn vo owr hag arhans cudhys in dha wlascor, ha ny a wra may whrylly cafos kettep dynar anodhans."

"Ewgh haneth wosa debry dh'agas gwesty hag aspiowgh wàrbydn avorow mars eus owr cudhys in ow gwlascor. Ha mars eus, leverowgh dhybm, ha hedna mara cafaf y vos gwir, me a'gas kebmer avell cothmans dhybm."

Hag y êth dhe ves dh'aga gwesty. Ha ternos y teuth an mab cotha arag an Emprour, ha leverel ev dhe weles dre bystry bos balyer leun a owr cudhys in ogas dhe yet an cyta. Hag ena, heb hockya, an Emprour a wrug gorhebmyn dhodho mos dh'y gerhes. Ha wosa y gafos ha'y dhon bys dhodho, ev a dhegemeras an gwas avell y gothman.

Ha ternos y teuth an mab aral ha leverel ev dhe weles dre hunros bos balyer leun a owr cudhys ryb an yet aral a'n cyta. Ha wosa prevy hedna ha cafos y vos gwir, cresy dhe'n dhew was a wrug an Emprour, ha'ga hara, ha'ga sensy ker alena rag.

Hag ena y a leverys bos owr in dadn an peul re bia prest mar veur y weres dhe'n wlascor. Hag ena tus an seneth a leverys, a pe dywredhys an peul, na via Rom bÿth mar grev avell kyns.

Mès y whans a owr hag arhans ny asas an Emprour dhe wil warlergh cùssul an dus hen. An peul a veu dywredhys ha hedna a dorras an myrour. Ha drog o hedna gans an dus hen. Ha heb let y a savas wàr y bydn ha dalhedna ino ha'y gelmy, hag y a'n constrînas dhe eva owr tedhys, ow côwsel orto indelma: "Owr a wrusta desirya, owr a wrêta eva."

"Indella dha whans jy dhe woslowes orth tus fur Rom, hag y orth dha dùlla gans lavarow teg, nyns usy orth dha asa dhe gola orth ow hùssul vy dhe ladha dha vab, erna wrellons dhis hager-vernans."

"Wàr ow fay!" yn medh ev, "ny vÿdh bew saw bys avorow!"

Ha ternos vyttyn, an kensa tra a wrug y feu erhy ladha an mab. Hag ena Catomas coth, den dooth ha skentyl, a savas in bàn ha côwsel indelma: "A Arlùth Emprour, warlergh fâls lavarow gowek a glôwfo dha scovornow ny goodh dhis brusy, saw gans lendury, dre whilas an gwiryoneth may hylly gwirvrusy inter coth ha yonk. Ha mar fekyl dhis a vÿdh dha wreg, esta ow cara hag ow cresy inhy, dell veu gwreg dhe'n sheryf a Lesodonya."

"Catomas coth," yn medh an Emprour, "fatell veu hedna?"

"Ren ow fÿdh! ny'n lavaraf dhis marnas te a rollo dha er na vÿdh ledhys an mab hedhyw."

"Na vÿdh ledhys, re'm lowta!" yn medh ev.

"Ot obma an whedhel," yn medh ev.

10. Vidua (An Wedhowes)

"Yth esa kyns gwas yonk a Rom o sheryf a Lesodonya. Hag udn jÿdh yth esa ow kervya sheft, ha'y wreg ow qwary kerensa ganso, hag yth êth bleyn y gollan warbydn hy dorn, may resas an goos. Hag ev a'n jeva edrek mar vrâs awos hedna may whrug ev gwana y honen gans y gollan der y vrest ha codha yn farow dhe'n dor.

Ha wosa y dhe wil dhodho an servys dewetha i'n lÿs, ev a veu degys dhe'n eglos rag y encledhyas. Ha marth o na veu brêwys pednow hy besyas, drefen mar gales y frappyas hy hy dewla warbarth, ow kyn warlergh hy gour. Uhella yth esa pùb garm ow tasseny ès dell esa corn na clogh dres oll an cyta.

Ha wosa encledhyas hy gour, ha pùbonen dhe omdedna a'n eglos, hy mabm a bysys an arlodhes a dhos gensy dhe dre. Hòdna a dos ty dhe'n gour esa avàn nag ella hy alena erna ve marow.

"Ny ylta jy," yn medh an vabm, "collenwel an ambos-na. Rag hedna, dhe well y tegoth dhis dos dhe'th lÿs dha honen dhe wil drèm wàr dha wour ages triga dha honen oll in uthycter tyller an par-ma."

"A! gallaf," yn medh hy, "ha hedna me a'n prev."

Hag ena hy mabm a wrug tan golow pòr vrâs dhyrygthy, ha gasa boos ha dewas dhe lenky pàn dheffa nown, rag nownek a vÿdh parys dhe dhebry.

Ha'n nos-na yth esa marhak cowl-ervys galosek a'n castel ow qwitha wàr an atlyon re bia cregys i'n jÿdh-na. Hag ev owth aspia ogas ha pell, ev a welas golowyjyon in tyller nag o va gwelys ganso bythqweth kyns. Kentrydna y vargh ev a wrug ha mos dhe weles pleth esa an tan ha prag re bia gwrÿs. Ha pàn dheuth, ev a welas fos ha corflan hag eglos, ha tan uhel golow i'n eglos. Ha kelmy y vargh ev a wrug gans y frodn orth porth an gorflan, ha kerdhes wàr gabm in y arvow tro ha'n eglos dhe viras pyw esa inhy. Ha pàn dheuth, nyns esa ena lemen maghteth-wreg yonk a'y eseth a-ugh bedh nowyth-gwrÿs, ha tan whyflyn ow tywy dhyrygthy, ha nebes boos ha dewas ryb hy thenewen. Ha govyn a wrug ev pandr'a wre benyn mar yonk hy oos in tyller mar uthyk avell hedna. Hag ena hy a leverys na's teva own a dra vÿth kebmys ha'n hirneth mayth esa ancow ow tos dhedhy. Ha'n marhak a wovydnas orty an praga.

"Rag me dhe encledhyas," yn medh hy, "an den bythqweth a gerys moyha, hag a gara hedra ven bew, i'n tyller-ma hedhyw. Diogel yw ev dhe'm cara vy inwedh moy ès den vÿth, abàn dhug y vernans y honen rag ow herensa."

"A! A arlodhes," yn medh an marhak, "Mar qwrelles ow hùssul vy, te a wrussa trailya dhyworth an tybyans-na ha kemeres gour a vo mar dhâ avell dha wour dha honen, bò a vo gwell."

"Na vanaf, re'n gour eus a-uhon! ny vanaf gour vÿth wàr y lergh ev."

Ha wosa côwsel pols intredhans, yth êth an marhak tro ha'n cloghprednyer. Ha pàn dheuth dy, ot! corf onen a'n ladron be bia degys dhe ves. Ha drog o ganso hedna; rag devar an marhak in pùb radn a'y direth yth o gwitha wàr an 'dus jentyl' a veu cregys, na vêns degys dhe ves gans kerens rag aga encledhyas.

Hag arta ev a dheuth dhe'n arlodhes, hag orty ev a dherivas an pÿth a wharva.

Yn medh hy: "Mar teffes hag ambosa ow demedhy, me a wrussa dha dhelyvra a'th ancombrynsy."

"Ren ow fay!" yn medh ev, "dha dhemedhy me a wra."

"Ot obma an pÿth a wrêta," yn medh hy, "dys-encledhyas an den eus obma ha'y gregy in le an atla. Ha den vÿth ny wodhvyth hedna saw ny agan dew."

Ha palas an toll ev a wrug erna dheuth bys i'n corf.

"Otta va!" yn medh ev.

"Towl ev in bàn," yn medh hy.

"Re'n Duw bew!" yn medh ev, "moy êsy via genef omlath orth try den bew ès gorra ow leuv wàr udn den marow."

"Hy gorra me a wra," yn medh hy. Ha labma snell i'n toll hy a wrug, ha tôwlel an corf in bàn wàr vin an toll.

"Te dog ev lebmyn dhe'n cloghprednyer," yn medh hy.

"Duw y honen ny wor," yn medh ev, "mar callaf vy ha'm margh kerdhes, saw gans caletter awos myns an arvow eus i'gan kerhyn."

"Me a yll kerdhes," yn medh hy. "Te deref ev wàr ow scoodh." Ha wosa y gafos wàr hy scoodh, hy o hardh dhe gerdhes ganso, brâs hy habmow, erna dheuth dhe'n cloghprednyer.

"Ogh!" yn medh an marhak, "Pandra dal hedna dhyn ny? An atla a'n jeva strocas cledha wàr y bedn."

"Te gwask udn strocas wàr hebma," yn medh hy.

"Na wascaf, re'm lowta!" yn medh ev.

"Me a'n gwesk, abarth an Tas!" yn medh hy.

Ha hy a weskys udn strocas brâs gans y gledha ev wàr bedn hy gour.

"Ea," yn medh an marhak, "pandra dal hedna? Yth esa an atla heb dens."

"Me a wra hebma heb dens," yn medh hy.

Ha hy a gemeras men brâs ha'y dhehesy warnodho, mayth feu y wessyow ha'y dhens gwrÿs brewyon dre nerth an vobmen.

"Ea," yn medh an marhak i'n eur-na, "an atla o blogh."

"Me a wra hebma blogh," yn medh hy.

Ha hy a gemeras hy gour er y dhywscoth ha gorra y bedn inter hy dewlin ha'y dewdros. Naneyl gwreg ow knyvyas na gour ow trehy barv ny veu uskyssa agessy hy, ow pylya pedn hy gour. Wàr verr lavarow, a'y dâl dh'y gilben hy ny asas udn vlewen heb hy thedna in mes, namoy ès dell as gwrier parchemyn wàr an parchemyn. Ha wosa gwil indella, hy a erhys dhe'n marhak y gregy.

"Na wrav, re'm ena. Ha te ny wrêta y gregy whath. Hag a pes jy an udn venyn wàr an norvÿs, me ny vynsen tra vÿth ahanas, na vynsen nes! Rag mar kyllyth bos mar fekyl avell hedna orth an den a'th temedhas pàn esta mowes, hag a dhug y ancow rag dha gerensa, assa vies fekyl orthyf vy, ha te heb miras orthyf udn wolok bythqweth bys in nos haneth! Rag hedna, kê dhe gerdhes an fordh a vydny, abàn na'th vanaf jy nefra."

"Ren ow fay in Duw, a Arlùth Emprour, mar fekyl avell hedna vÿdh an wreg osta parys dhe ladha dha vab i'n eur-ma rag hy flesya."

"Ny vÿdh ledhys, me a'n te," yn medh ev.

Ha wosa debry, an Empres a wovydnas orth an Emprour mar peu ledhys an mab.

"Nag yw," yn medh ev.

"Hedna ny wreta bynytha," yn medh hy, "hadre vo bew tus fur Rom. Rag kepar dell wra mabmeth dynya meppyk a'y sorr ha'y gria dre whystra in y scovornow ha cana yn isel, bò dysqwedhes tegednow trufyl dhodho, indella yma tus fur Rom orth dha dhynya jy a'th sorr awos an mewl ha'n bysmer a veu gwrÿs dhybm gans dha vab der aga whystra ha'ga hows ha'ga gowegneth in neb form a dhysqwedhons dhis. Ha wàr an dyweth y whyrvyth dhyso, mar cresyth dhedhans, poran kepar dell wharva kyns dhe'n mytern, neb a wely dre hun y dhalla pùb nos."

"Fatell veu hedna?" yn medh an Emprour.

"Wàr ow fay! ny'n lavaraf dhis, marnas te a rollo dha er y fÿdh an mab dyswrÿs avorow."

"Dyswrÿs ev a vÿdh, me a'n te," yn medh ev.

11. Sapientes (An Dus Dooth)

"Yth esa mytern kyns in onen a'n cytas Romanek, hag ev a ordenas seyth den dhe rewlya an cyta. Ha'n dus-na a wrug omry dhe gùntell owr hag arhans ha gebmow, bys ma'n jeva an den moyha bohosak anodhans moy rychys a'n bys-ma ages an mytern y honen. Ha hedna a wrussons wosa y dhe gemeres cùssul warbarth may hallens ladha an mytern ha radna y wlascor intredhans, ha hedna dre nerth ha gallos aga rychys.

Ha pùb nos an mytern a wely dre hun cawdarn ha seyth troos in dadno, ha mog owth eskydna anodho, poran kepar ha pàn ve tan brâs in dadno. Hag y teuth gwrîhon a'n re-na warbydn y dhewlagas, dell dyby ev, ha'y dhalla.

Ha ena ev a dhanvonas canasow dhe bùb le warlergh dewynyon hunrosow. Hag yth hapyas dhe'n canasow dos warbydn gwas yonk a gafas dhyworth Duw an spyrys a dhewynieth dhe styrya hunrosow ha vesyons a'n termyn a dheu bys vycken. Ha'n gwas a veu drÿs adhyrag an mytern, ha wosa y dhos, an mytern a dherivas orto y hunros.

"Ea," yn medh an gwas, "desky dha hunros dhis me a wra, kefrÿs ry dhis cùssul. Ha mar ny wrêta warlergh ow hùssul, y whyrvyth dhis ha te adhyfuna kepar dell welta dre hun. Ot obma dha hunros," yn medh an gwas. "Yma an cawdarn a welta dre hun ow sygnyfia an cyta-ma. An seyth troos a welta yw an seyth den usy orth hy rewlya, hag y ow pryjyon gans gorlanwes a rychys ha gallos hag ow tarbary traison wàr dha bydn, mar ny wrêta aga ladha adermyn."

Mès ny wrug an mytern warlergh cùssul an gwas hag y a'n ladhas hag a gemeras y wlascor dhyworto.

Indella te ny vynta kemeres ow hùssul ow tùchya dha vab ha tus fur Rom, hag y orth dha sowthanas hag orth dha dùlla dre lavarow, ow cortos dha ladha ha kemeres dha wlascor dhyworthys, mar ny wrêta aga ladha adermyn."

"Wàr ow fay!" yn medh ev, "y a vŷdh ledhys avorow."

Ha ternos, meur y sorr, mos dhe'n seneth-jy ev a wrug hag erhy cregy y vab ha tus fur Rom ganso. Hag ena Jesse a savas in bàn ha côwsel indelma arag oll an bobel:

"Ny goodh dhe arlùth bos fekyl, na gasa fâlsury ha gow dh'y lewyas. Ha kepar dell wrug an vyternes tùlla an mytern ow tùchya an marhak in termyn eus passys, indella y whra dha wreg dha dùlla dhejy."

"Fatell veu hedna?" yn medh ev.

"Re Dhuw a'm ros! ny'n derivaf, marnas te a rollo dha er na vŷdh ledhys an mab hedhyw."

"Na vŷdh ledhys," yn medh an Emprour.

12. Inclusa (An Wreg i'n Tour)

"Ot obma an whedhel," yn medh ev. "Yth esa kyns udn marhak a wely y vos pùb nos aberth in tour uhel, hag ev ow cara arlodhes yonk deg na welas bythqweth udn wolok anedhy saw dre hun. Hag omwethhe yn frâs ev a wrug a gerensa orth an arlodhes. Indella ev a wrug ombredery mos dhe wandra dre wlasow ha cytas rag hy whilas.

Pàn esa ev ow kerdhes, ev a welas cyta vrâs ha fos vùlhek in hy herhyn, ha castel brâs crev ow sevel in bàn in hy ogas, ha tour galosek uhel i'n castel, haval y lyw ha'y form dhe hedna a wely ev y vos ino pùb nos, ev ha'n venyn a gara moyha.

Hag ev a gerdhas tro ha'n tour, ow mos i'n fordh veur in dadn an castel erna dheuth bys in uhelder o kehaval dhe'n tour. Ha miras orth an tour ev a wrug ha gweles ino an venyn moyha a gara; ha lowen fèst o va dh'y gweles. Hag ev êth bys i'n cyta hag erhy gwesty inhy an nos-na. Ha ternos ev a dheuth gans rielder dhe borthow an castel ha gelwel an porthor dhodho hag erhy dhodho mos dhe wovyn orth an mytern, mar mydna hedna degemeres marhak yonk len ha dywysyk avell onen a'y dus. Ha'n porthor a dheuth dhe'n mytern ha leverel hedna dhodho.

"Gas ev dhe entra ajy," yn medh ev, "mar callaf gwil devnyth anodho."

Ha'n marhak a dheuth dhe'n lÿs, hag ev a veu gormelys gans pob a welas y dhos. Hag yn scon wosa hedna, kebmys y feu comendys may whrug an mytern y settya yn uhel wàr y wlascor. Hag ena ev a leverys dhe'n mytern y carsa cafos tyller pryva, may halla dhe well ombredery ow tùchya kebmys soodh ha devar o codhys dhodho.

"Whela an tyller a vydny, ha kebmer ev."

"Otta a'n pÿth a garsen, a arlùth," yn medh ev, "te dhe'm gas dhe vyldya chambour ryb tenewen an tour; rag hèn yw tyller cosel."

"Hedna me a assent," yn medh an mytern.

Ha heb strechya pella, an marhak a wrug dhe'n dus byldya stevel pòr deg dhodho ryb tenewen an tour, hag a wrug dhe'n ser darbary dhodho fordh cudhys, mayth ella ev ajy dhe'n tour dhe wreg an mytern. Ha'n ser a wrug an fordh, may hylly ev metya gans an vyternes ha gwil gensy warlergh y vodh.

Hag udn jÿdh mayth esa an marhak ow tebry orth an keth voos gans an mytern, hedna a welas wàr vës an marhak an bysow a gara moyha. Serrys brâs, ev a wovydna, meur y avy, fatell dheuth y vysow ev ha dhe vos wàr ves an marhak. Ha'n marhak fel a dos ty na veu bythqweth ken perhednek anodho agesso ev. "Rag hedna, a arlùth, gwra gelwel dha gov dhis, ha mir ple whrusta gorra dha vysow dhe witha, rag nyns yw te a bewo hebma nefra."

Ha tewel a wrug an mytern, ha debry, ha marth o ganso awos an bysow. Ha wosa debry, an mytern a savas in bàn ha mos dhe'n tour rag govyn y vysow orth

an vyternes. Ha'n marhak êth y fordh y honen hag a
ros an bysow dhedhy rag y dhysqwedhes dhe'n mytern
pàn dheffa dh'y wovyn. Ha'n mytern, pàn dheuth, ev a
wovydna an bysow, ha hy a'n dysqwedhas dhodho. Hag
ena an mytern a'n jeva edrega in y vrÿs awos trobla an
marhak ha dowtya y wreg, hag y gwiryon, dell dyby ev.

Hag ena y leverys an marhak dhe'n vyternes: "Me a
wra mos dhe helghya gans an mytern avorow. Ha me a
vydn govyn orto debry boos in ow chambour vy pàn
dheffo a helghya, ha me a lever dhodho bos an venyn
moya a garaf devedhys a'm pow wàr ow lergh. Ha te
bÿdh ena wàr agan pydn ny, ha bedhens ken gwysk i'th
kerhyn. Ha kynth omwrello ev dha aswon jy, na omwra
te dh'y aswon ev na whath te dh'y weles ev bys i'n
eur-na."

"Indella me a wra," yn medh hy.

Ha ternos y êth dhe helghya. Ha wosa whetha corn
an ladha ha'n helghya dhe vos deu, an marhak a besys
an mytern a dhos dhe dhebry in y jambour ev an jÿdh-
na. Ha'n mytern a dheuth; ha pàn dheuth, an kensa
person a welas y feu y wreg y honen in chambour an
marhak. Ha govyn orty ev a wrug pÿth esa hy ow qwil
ena, ha pana fordh y teuth dy.

"Pòr gales dhybm," yn medh hy, "via derivas dhis
fordh arow a'm beu, ow lavurya dhia ow fow ow honen
bys i'n tyller-ma. Na ny worama lella le dhybmo dhe
vos ino ages in chambour an den a garaf moyha. Ha
mars esta ow tyby ow aswon vy awos neb hevelep, mir
ple ma hodna esta ow whilas, rag bythqweth ny
wrussys ow gweles vy bys i'n jÿdh hedhyw."

Hag ena tewel a wrug an mytern, ow predery na
welas bythqweth gwreg na bysow mar haval dell o y

wreg ha'y vysow y honen dhe wreg ha bysow an marhak.

Ha wosa debry, an mytern êth dhe'n tour rag cafos an gwir adro dh'y wreg, kepar dell wrug ev hy hafos ow tùchya an bysow. Ha hy êth dy kensa dre an fordh gudhys, ha disky hy dyllas hag omwysca in hy dyllas tre. Hag ev, pàn dheuth, edrek a'n jeva a'y gamdybyans ow tùchya arlodhes an marhak.

Ha wosa nebes termyn, an marhak a welas nag esa heb peryl dhodho cara in dadn gel gwreg an mytern i'n keth gwlas avello, ha kyns oll in y lÿs ha'y gastel y honen. Hag ervirys o va dhe dharbary gorhel ha'y lenwel a bùb dâ. Hag ena ev a besys cubmyas an mytern mayth ella dh'y wlas y honen, rag nans o pell abàn veu va ena. Ha'n mytern a assentyas. Ha ternos, kyns ès dalleth an hens, ev a dheuth, ev ha'n venyn a gara dhe'n mytern i'n le mayth esa ow coslowes orth an oferen, hag ev a'n pesys a erhy dhe'n oferyas teylu gwil colm demedhyans intredhans aga dew. Ha'n mytern a wrug may fowns demedhys. Ha wosa an demedhyans, y êth dhe'n gorhel, ha'n mytern êth dhe'n tour. Ha pàn dheuth, ot! an tour o gwag, ha'y wreg gyllys gans an marhak.

Indella, a Arlùth Emprour, dha wreg a wra dha dùlla dhejy, mar qwrêta cola orty ha ladha dha vab rag hy flesya."

"Na wrav, re'm lowta!" yn medh ev.

Ha'n nos-na an Empres, meur hy thrystans hag owth hanasa yn town, a leverys dhe'n Emprour: "Y whyrvyth dhis yn tefry kepar dell wharva kyns dhe udn styward dhe'n mytern a Apûlya."

"Pandra veu hedna?" yn medh an Emprour.

"Ny'n derivaf erna rylly dha er y fÿdh ledhys an mab avorow."

"Diogel," yn medh ev, "ev a vÿdh ledhys."

13. Senescalcus (An Styward)

"An mytern a godhas clâv, mayth o hothfys y gorf. Ha wosa y yaghhe a'n cleves-na, an medhek a wrug gorhebmyn dh'y styward gobra benyn dhodho a naw mark. Ha pandra wrug an styward, a whans mona, saw gorra y wreg y honen in gwely an mytern?

Ha wosa an negys dhe vos spedys inter an mytern ha gwreg an styward an nos-na, an gour a dheuth ternos ha gorhebmyn dhedhy sevel. Ha'n mytern ny's gasas. Hag ena ev a dherivas orth an mytern y gabm ha'y behas. Hag ena ev a veu exilys in mes a'n wlas, ha'y wreg a gafas mêntons lowr gans an mytern.

Indella y whyrvyth dhyso jy a'th whans a gola orth geryow an seyth den fur, ha te a vŷdh dystryppys a'th rychys, ha me a gav mêntons lowr plenta gans ow herens."

Ha'n Emprour a sorras meur orth an whedhel-na hag dos ty y fedha ledhys an mab ternos. Ha ternos heb cùssul y vryntynyon, ev a wrug gorhebmyn ladha an mab. Hag ena y teuth Marînùs, ha côwsel orth an Emprour indelma: "Mars yw awos iniadow an Empres, warbydn laha ha heb breus an vryntynyon, te dhe ladha dha vab, y whyrvyth dhis kepar dell wharva dhe udn cothwas dooth ow tùchya y wreg."

Ha ny wrug derivas an whedhel erna worras an Emprour y with wàr an mab bys ternos. Hag ena ev a leverys:

14. Testamina (An Provow)

"Den coth a wrug demedhy mowes yonk, neb a veu lel dhodho udn vledhen. Ha wosa hedna, côwsel gans hy mabm i'n eglos hy a wrug, ha leverel nag esa hy ow cafos nameur plesour dhyworth kerensa hy gour i'n gwely, hag awos hedna hy dhe gara gwas yonk."

"Well," yn medh hy mabm, "i'n kensa le gwra prevy gnas dha wour, ha trogh an wedhen vian teg, leun a frût, usy ow tevy in y erbyer, hag yw kerys ganso moy ès onen a'n gwëdh erel."

Hag indella hy a wrug. Ha wosa hy dh'y threhy ha'y gorra wàr an tan, an arlùth a dheuth dhe dre dhe dhyllo falhûnas hag ev a aswonys an wedhen. Ha wosa ev dhe wovyn pyw a drohas an wedhen, y wreg a leverys y feu awos othem a dan may whrug hy indella, rag gwil tan dhodho warbydn y dhos tre.

Ha ternos hy a vetyas gans hy mabm i'n eglos hag a dherivas orty oll an câss, ha leverel hy dhe gara gwas yonk. Bytegyns wàr iniadow hy mabm hy a brovas hy gour arta. Pàn esa hy gour ow tos dhia helghya, milast o dhodho hag a gara moy ès oll an keun a drettyas wàr vin y sùrcot. Ha pandra wrug y wreg, mès cachya in bàn collan onen a'n dus ha ladha an ast. Ha wosa hy

gour dh'y rebukya awos gwil indella aragtho, hy a
leverys y feu dre sorr may whrug hedna awos mostya
an padn nowyth, ha nefra na vydna hy gwil tra a'n par-
na arta. Hag ena an gour a dewys ow keredhy.

Ha ternos, wosa derivas an dra orth hy mabm, hy a
leverys hy dhe gara gwas yonk. Ha pàn wovydna hy
mabm orty pyw a gara, hy a leverys nag o va marhak,
saw pronter an blu.

"Well," yn medh hy mabm, "preder yn tâ kensa,
drefen bos moy garow dial den coth wosa serry, ès den
yonk. Gwra y brevy an tressa treveth."

Wàr iniadow hy mabm, hy a'n provas i'n vaner-ma.
Udn jÿdh mayth esa hy gour ow ry gool dhe dus jentyl
ha bryntynyon an cyta, hag y ewn-desedhys ha'n kensa
cors settys dhyragthans, hy a fastas alwhedhyk kysten
esa gensy orth an lien esa wàr an bord. Ha dhesempys
sevel hy a wrug ha ponya dhe bedn aral an hel, ha tedna
an lien, may fe degys dhe'n leur oll myns esa warnodho
a voos hag dewas ha taclow erel. Hag ena dyharas hy a
wrug, ha leverel hy dhe vydnes kerhes collan a veu
gwell dh'y arlùth hy, hag indella y wharva an droglabm.
Hag ena dre worhebmyn an arlùth, y feu gorrys wàr an
bord lien nowyth, ha boos ha dewas warnodho.

Ha ternos vyttyn, sevel in bàn a wrug an gour ha
gorhebmyn gwil tan brâs. Hag ev a reprefas y wreg rag
an try gwythres a wrug hy, ow leverel yth o awos
lanwes an tebel-woos in hy horf may whrug hy hendna.
Hag a'y anvoth hy, ev a wrug dhedhy tobma hy bregh
orth an tan, hag ev a wrug hy dywosa erna glamderas,
hag ena mailya hy dywvregh ha'y gorra hy in hy gwely.

Ha hy a dhanvonas warlergh hy mabm, ow leverel hy dhe vos ledhys. Ha'y mabm a dheuth bys dhedhy ha leverel:

"A ny wrug avy leverel dhis nag o dial moy garow ès hedna gans den coth wosa serry?" ha hy a leverys pella:

"Esta ow cresy lebmyn dhe'n den yonk?"

"Nag esof, ny vanaf vy cresy yn tefry nefra," yn medh hy. Ha hy a veu len ha stedfast hadre veu bew.

"Ha te, a Arlùth Emprour," yn medh Martînùs, "gwait na wrylly codha dhe gebmys pegh may whrêta ladha dha vab awos cabel dha wreg, ha te a yll bos sur fatell wra an mab côwsel avorow."

"Nefra ny wrama cresy dhedhy," yn medh an Emprour.

Ha pàn leverys an Emprour dhe'n Empres y whre an mab côwsel ternos, hy o dystemprys meur, ma na wodhya desmygy injyn nagonen alena rag. Ha ternos, pàn savas an howl wàr an bÿs in golowder dygomol, an Emprour ha'n vryntynyon ha'n dus fur êth wor'tu aves dhe'n gorflan hag esedha wàr bedn carrek in udn tyller efan. Hag ena an mab a dheuth inter dew a'n dus fur ha sevel adherag an Emprour. Ha wosa ev dhe dhynerhy y arlùth tas ha pesy y gerensa—drefen nag o dendylys ganso naneyl y sorr na'y dhysplesour— "Duw uhella," yn medh ev, "neb a wor pùp tra a veu hag a vÿdh, a wrug dysqwedhes yn tyblans dhybmo vy ha dhe'm descajoryon, dre an arweth wàr an loor ha'n steren wolow cler rypthy, na alsen vy omwetha rag ancow mar teffen ha côwsel udn ger in onen a'n seyth dÿdh. Hag ena, a arlùth tas," yn medh an mab, "awos an vesyon-na tewel me a wrug, ha'n Empres orth ow hably ha'm cùhudha dhis kepar ha pàn vena dha escar, ow whilas

dha emporeth ha'th dyswrians. Ha kepar yw inter te ha
me, dell veu kyns inter an marhak ha'y udn vab wàr an
mor."

"Pandra veu hedna?" yn medh an Emprour.

15. Vaticinium (Dargan)

"Yth esa udn marhak ha'y vab in scath wàr an mor. Ha dyw vran a dheuth in udn grawkya a-ugh aga fedn, ha skydnya wàr an scath in udn grawkya an eyl warlergh hy ben. Ha marth o gans an marhak awos hedna.

Ha'n mab a leverys dh'y das bos an bryny ow leverel y fedha dâ gans y das sensy pedn y vrehellow hag ev owth omwolhy ha'y vabm ow sensy towal dhodho.

Ha serry a wrug an marhak awos an lavar-na, hag ev a settyas dalhen i'n mab ha'y dôwlel tin dres pedna dhe'n mor, ha mos dhe ves in y scath.

Ha dre hap benegys, cramyas wàr y dhewla ha'y dreys a wrug an mab erna dheuth warbydn carrek inter an âls ha'n mor. Hag ena y feu try dÿdh ha teyr nos heb boos ha heb dewas. Hag ena y cafas pùscador an mab, hag ev a'n gwerthas a ugans mark dhe styward a wlas pell. Ha mar gortes y vanerow yth o va, ha mar dhâ y gonversacyon ha'y servys, may feu exaltys dhe onour brâs gans an arlùth.

Ha wosa hedna yth o mytern an wlas plagys meur drefen bos teyr bran ow crawkya a-ugh y bedn nos ha dÿdh. Hag ev a wrug gelwel warbarth y vryntynyon ha'y dus fur in kettep pedn, ha dedhewy ry y udn vyrgh ha

94

hanter y wlascor dhe bynag oll den a wothfia styrya crawkyans an bryny ha'ga fellhe bys vycken dhyworto ev.

Hag abàn na veu kefys den vŷth a ylly hag a wodhya gwil hedna, dre gubmyas an styward an gwas yonk a savas in bàn ha leverel dhe'n mytern, mar mydna ev afydhya y ambos, y whre va oll myns a wovydna an mytern. Ha'n ambos pàn veu grauntys, an mab a gowsas indelma:

"Deg bledhen alebma ha moy, yth esa an ŷdhyn ha'n bestas erel ow codhaf nown. An cotha a'n bryny a asas y wreg in peryl a verwel dre nown, ow mos dhe ves dhe wlas aral rag whilas boos. Ha'n vran enos, o yonca ès hodna, a drigas gensy hy alena rag bys hedhyw. Hag i'n eur-ma mayth yw an boos encressys, otta an vran goth dewhelys, hag ow covyn y wreg orth an vran aral, ha hodna orth hy lettya a'y hafos. Ha lebmyn unverhës yns y dhe worra aga strif cavylek wàr dha vreus jy, rag te yw an mytern."

Hag ena, hag oll an dus a assentyas, an mytern a wrug brusy an wreg dhe hodna a wrug hy gwitha rag merwel a nown, hag y cotha dhe'n vran a's forsâkyas bos heb tra vŷth dhe wil gensy.

Ha pàn glôwas an bryny hedna, neyja in kerdh warbarth yn lowen a wrug an dhyw vran, ha'n vran goth a neyjas dhe ves in udn uja ha crawkya.

Hag ena an mab a gafas onour brâs gans an mytern, hag ev a veu sensys den fur. Hag y yn assentys, myrgh an mytern a veu rŷs dhe'n mab, kefrës hanter y wlascor.

Hag udn jŷdh mayth esa an mab ow kerdhes dre an cyta, ev a welas y vabm ha'y das trigys in chy bùrjes, drefen y dhe asa aga gwlas fowt pegans dhe vewa ha dos ena rag gwellhe aga cher. Hag in prÿs gwesperow an mab a dhanvonas onen a'y sqwieryon dhe jy an bùrjes, ha leverel dhodho y fedha an mytern yonk ow tos dhe dhebry ganso ternos. Hag yn medh an bùrjes: "Dêns yn lowen. Ev a gav an gwella eus genef."

Ha ternos, pàn gafas an mytern termyn, ev a dheuth dhe westy an marhak. Ha pàn dheuth, an marhak a gemeras bason ha pycher hag a brofyas dowr dhe'n mytern yonk dhe omwolhy; mès ev ny'n gasas. Ha'n marhak a whilas sensy y vanegow, ha'y wreg a sensys towal dhodho. Ha'y sconya a wrug an mytern, hag yn medh ev in udn vinwherthyn: "A arlùth tas, ot! yma wharvedhys an pÿth a leverys dhis hag a veu crawkys kyns gans an bryny wàr an scath, termyn may whrusta ow thôwlel vy i'n mor. Ha na wra duwhanhe awos hedna, rag Duw re drailyas an dra dhybm dhe les. Hag alebma rag y whreth kesrewlya genef, te ha'm mabm, hadre vowgh bew."

Indella, a arlùth tas, kepar dell veu an mab-na gostyth hag uvel dh'y das, te a'm cav gostyth dhyso jy, mar vrâs kyn fo ow gallos i'n bÿs-ma. Hag abarth Duw, bÿth na grÿs me dhe whilas defolya dha wreg. Dell wodhesta, te yth o neb a wrug dhybm mos dh'y chambour hy, ha hedna warlergh hy arhadow hy honen arag an dus. Ha profya dhybm an pÿth na dhegoth dhedhy, hedna hy a wrug. Ha wosa me dh'y sconya, cravas hy honen hy a wrug avell pÿth fol, ha tedna goos a'y fâss ha blew a'y fedn. Bytegyns, a arlùth tas, me a wra godhaf dha vreus jy, te ha'th vryntynyon, warnaf."

Hag ena y a elwys wàr an Empres dhe wortheby dhyragthans. Hy a leverys hy dhe wil indella rag own an mab dhe ladra gallos y das ha'y gallos hy.

Hag ena warlergh breus an Emprour ha'n vryntynyon y feu leskys corf an Empres. Ha hòn o breus an jùj uhella, Duw avàn, neb a dhug hy enef dhesempys dhe'n pain o dendylys gensy.

Hag indella yma dyweth Whedhlow an Seyth Den Fur.

Fordh
an Broder Odryk

Y hanow Italek o Odorico, hag ev o broder a'n Ordyr a Sen Francys. Ev a dhallathas wàr y hens pell dhe'n Ÿst inter AD *1316 hag* AD *1318, ow mos dre Trebizond, Tabrîz, Baldâk, Malabar, Ceylan, Sùmatra, Jâva, Gwangdong, Fùjyan, Hangjow, Beijing. Ev a dhewhelys dre Shaanxi, Tubek, Cabùl, an Mor Caspyan, dhe Tabrîz hag alena dhe Venys, ow hedhes an dre-na avarr i'n vledhen* AD *1330, wosa viajya 13 pò 14 bledhen. Kebmys yth o y dremyn chaunjys wosa kenyver bledhen a galetter, ma na wrug y nessevyn y aswonvos in kensa. Ev a dherivas dh'y gothmans wàr anow oll an taclow o gwrÿs ha gwelys ganso, hag onen anodhans a scrifas an istory wàr barchemyn in Latyn. An istory Latyn-ma a veu trailys dhe Gembrek gans Davyth Vychan inter* AD *1450 ha 1500, ha dhyworth y drailyans ev me a gemeras an devydnow usy ow sewya. Odorico a veu marow in mis Genver* AD *1331.*

CARADAR

1. An den ha'n grugyer

Kensa me êth dhe Constantynôpel, hag alena dhe Trebizond wàr an Mor Meur a veu gelwys Pontùs kyns. I'n pow adro dhe'n dre me a welas den ow kerdhes, ha moy ès peder mil a rugyer orth y holya ev; ha'n den ow kerdhes wàr an dor, an ÿdhyn a neyja i'n air. Ev a's ledyas i'n vaner-ma bys in castel Nazarena, viaj try dÿdh dhyworth Trebizond. Ha'n grugyer a wrug kepar dell sew: pàn vydna an den powes, y a wre om-gùntell adro dhodho kepar hag ÿdhnygow adro dh'aga mabm. Hag indella ev a's ledyas bys in Trebizond dhe balys an Emprour. Hag ena ev a gemeras myns a vydna anodhans, ow casa an remenant dhe neyja orth aga bodh i'n pow.

2. Ûsadow trigoryon Mobar ha Lamûry (radn a enys Sùmatra)

Yma dhedhans ûsadow aral: pàn vydn onen anodhans merwel in onour dh'y dhuw, ev a elow y gothmans ha'y nessevyn warbarth, hag arfeth menstrels, ha sensy gool meur. Ha wosa an gool, y a dheu ha kemeres pymp collan lybm, ha'n re-na y a sens, ow poyntya aga min tro ha'y vriansen, hag y a'n hùmbronk indella adhyrag y dhuw. Hag ev pàn vo devedhys ena, y kebmer onen a'n collanow in y leuv, ow carma an geryow-ma: "Rag kerensa ow duw, me a vydn trehy ow hig." Ha wosa ev dhe drehy in mes darn a'y gig, ev a'n tôwl in fâss an fâls duw: hag indella ev a dregh y gig dhe dybmyn. I'n dyweth, hag ev in enewores, ev a lever: "merwel a vanaf rag ow duw"; ha pàn vo marow, y gorf a vŷdh leskys, hag y a grës y vos sans.

Alena y kerdhys dhe Vor an Howlsedhas deg dŷdh ha dew ugans bys in tir a elwyr Lamûry. Ena an dus ha'n benenes a vewas yn cowl noth: ha pàn wrussons ow gweles gwyskys in ow dyllas, marth a's teva hag y a wrug gwil ges ahanaf, ow leverel Duw dhe wil Adam hag Eva yn noth. An bobel-ma a dheber tus tew kepar dell eson ny ow tebry kig gwarthek ha mogh. Ha bylen hag emskemunys kyn fowns y awos an dra-na, whath an tir yw dâ ha leun a frûtys hag enevalles, ha cosow a aloes hag a gamphor. Yma meur a owr hag arhans ena inwedh.

Tus tew a vÿdh hùmbrynkys dy gans an wycoryon a dheffo dhe'n wlas-na. An wycoryon-ma a dhora gansans tus tew rag aga gwertha dhe'n bobel, kepar dell werthyn ny mogh: ha'n re-ma a's ladh wàr hast ha'ga devorya.

3. In Enys Panton

Ogas dhe'n wlas-na yma enys a elwyr Panton. Ena y kefyr cors moy aga hës ages try ugans cabm, ow tevy in bàn avell gwëdh. Ha cors erel a gefyr ena a elwyr *rattan* ow tevy dres an dor hag ow corhery mildir a'n tir. I'n re-ma y kefyr meyn, ha neb a dhocko onen a'n veyn-ma, ny yll bos shyndys gans horn. Indella a wra an dus: y a wra trogh wàr vrehow aga mebyon ha gorra onen a'n veyn i'n trogh, ha gans nebes podn dhyworth neb pysk (ny wòn an hanow anodho) y a yaghha an trogh usy an men ino. Hag a vertu an veyn-ma, fetha y a wra in bresel warbydn aga eskerens, rag ny yller gwil drog dhodhans gans arvow a horn. Bytegyns udn sawment eus gans an eskerens-na a wothfo vertu an veyn: y a gebmer sheftys lybm ha hir a bredn, hag y a wor venym wàr an aga min, ha gans an re-ma y a yll ladha tus an veyn.

4. In Campa

Alena me a gerdhas dhe wlas aral o gelwys Campa. Pàn esen vy ena, an mytern a'n jeva kebmys gwrageth mayth esa dhodho try ugans a vebyon hag a vyrhas. Inwedh an mytern a'n jeva naw mil olyfans dov, ha'n re-ma ev a vagas kepar ha gre a warthek.

I'n mor ena yma kebmys pùscas ma na yller scant gweles an dowr awos nyver aga heynow. Hag y a labm in mes a'n mor wàr an tir sëgh, ow trega ena try dÿdh, termyn may hyll an bobel kemeres myns a vydnons anodhans; ha wosa try dÿdh an pùscas a omdedn, ow labma wàr dhelergh i'n mor. Hag indella y a wra pùb bledhen. Me a wovydnas orth an bobel prag y whrug an pùscas indella, hag y a worthebys an pùscas dhe dhos rag onora an Emprour. Mès gowegneth yw hedna, dell gresaf; rag moy êsy yw tyby y dhe wil indella awos natur an tir ha'n mor eus ena.

Me a welas gelas a vrâster meur, ha lies marthùs aral.

I'n wlas-na an gour a vÿdh leskys pàn vo marow, ha'y wreg a vÿdh leskys yn few ryptho ev: ha'n reson yw na vydn an wreg mayth ello hy gour dhe'n bÿs aral hepthy, rag own ev dhe gafos gwreg aral ena.

5. Enys Bodin

Alena me a gerdhas tro ha'n soth dhe enys Bodin. In hodna an dus yw gwetha oll, ow tebry kig criv, ha pùb podrethes a yller predery anodho y a'n gwra. Rag yma an tas ow tevorya y vab, ha'n mab y das; an gour y wreg, ha'n wreg hy gour. Hag indelma inwedh y a wra: mar pÿdh neb cleves ow settya y dhalhen i'n tas, mos dhe'n oferyas i'n templa a wra y vab ha'y besy a wovyn orth y dhuw fatell vÿdh gans y das ha'y gleves. Ena y â aga dew dhe'n fâls duw, usy oll gwrÿs a owr, hag y a wra aga fejadow kepar dell sew: "A Arlùth, te yw agan duw ny; yth eson ny orth dha wordhya dhejy, hag yth eson orth dha besy a leverel dhyn mar qwra hebma (orth y henwel) bewa pò merwel."

Ena yma an jowl orth aga gortheby; ha mar lever y fÿdh ev bew, an mab a wra y servya erna vo yaghhës. Mar lever y fÿdh ev marow, an oferyas a dheu dhe'n den clâv ha gorra qweth a lien wàr y anow ha'y daga. Ha pàn vo marow, y a dregh an corf in scobmyn munys, ha gelwel warbarth oll y gerens ha'y gowetha, ha'y dhebry gans cân ha lowena vrâs. Ha wosa hedna ymowns y owth encledhyas y eskern gans meur a reowta: oll hedna y a wra rag own an prÿves dhe

dhebry an kig; rag y fia hedna meur a bain dhe'n enef.
Ha me ny yllyn aga thedna dhyworth an gabmgrejyans-
na.

6. An enevalles re bia tus kyns

Ny êth alena bys in managhty brâs, ha'm coweth a wrug gelwel nebonen ha leverel dhodho adro dhybmo vy. "Den sans yw hebma," yn medh ev, "neb re dheuth dhyn ny mes a'n west, hag ev a vydn mos dhe Kambelech rag pesy Duw gans agan arlùth. Rag hedna, dysqwa dhodho neb marthùs astranj, may hallo ev derivas pandra welas in cyta Kanasya, pàn dhewhello dh'y wlas y honen."

Ena an den aral a gemeras dew gowel leun a vrewyon dhywar an bordys, ha ny êth dhe udn porth i'n fors, ha hedna ev a egoras gans alwheth. Dhyragon ny yth esa forest brâs, ha ny êth ino. Ny a dheuth dhe udn crug, warnodho cleghtour, gans flourys ha losow teg oll ader dro. Ha pàn en ny devedhys ena, kemeres clogh ev a wrug ha'y seny. Gans hedna, otta rûth veur a enevalles lies ehen ow tos adhesempys: radn kepar hag appys, radn kepar ha babouns ha dhodhans fâssow kepar ha tus; tîgras, eskelly grehyn ha keun gwyls. Hag omgùntell y a wrug bys in teyr mil worth nyver.

Araya pùb best herwyth y dhegre a wrug an den, ha settya platters dhyragthans ha gorra boos inhans. Ha wosa an bestas dhe dhebry, ev a wrug seny an clogh arta, hag y a omdednas, pùbonen dh'y dyller teythy.

Marth a'm beu a hedna, ha me a wovydnas orto ow
tùchya an enevalles. Yn medh ev: "Maga enevow an
dus dâ ny a vydn i'n vaner-ma, dre vodh Duw, neb yw
Arlùth an bÿs. Hag y, kepar dell vowns tus onorys pò
gal i'ga bêwnans i'n norvÿs, wosa merwel aga enevow
â aberth in bestas a'n par-na a wrusta gweles: an re
onorys in bestas onorys; an re erel, kepar ha
teythyogyon ha pobel a'n par-na, in bestas isel aga
gnas."

Meur me a vlamyas an nycyta-na, bytegyns ny yllyn
gwil dhodhans cresy y halla enevow bos heb corf.

7. In Gwlascor Tubek

Pàn vo marow den i'n wlas-ma, y vab a elow dhodho an oferysy ha'n menstrels, ha leverel dhodhans y fydn onora y das. Ena mos dhe'n templa y a wra gans oll an gerens ha'n gowetha. An oferysy a dregh an pedn dhyworth an corf marow, hag a'n re dhe'n mab: ha'n corf ymowns y ow kervya dhe dybmyn munys, ha don an tybmyn wàr veneth ha'ga gasa ena bys may fowns kentrenys. Ena ÿdhyn gwyls a dheu ha lenky an contron wàr hast, ha neyja a bùb tu dhe ves: hag y fÿdh hanow onorys an tas ow mos indella dres oll an wlas, ha pùb huny orth y elwel Sans: ha'n eleth a'n deg dhe baradîs. Hèm yw an brâssa onour a yll mab gwil dh'y das, yn medhans y.

An mab a gebmer an pedn ha'y vryjyon ha'y dhebry yn tien. Hag a'n grogen ev a wra fiol, ha'y dekhe yn tâ; hag ev a êv anodho pesqweyth may rollo gool in onour dh'y das. Ha meur a vylyny aral y a wra, na vanaf scrifa anodho, rag ny wrussa den vÿth y gresy mar ny wrussa y weles.

8. Cryjygyon Melestortê

Alena me a gerdhas tro ha'n ÿst bys in cyta a elwyr Melestortê. Cyta vryntyn rych yw hobma. Hag ena yma trigys breder gryjyk, neb dre nerth Jesu Crist ha vertu y gig ha'y woos a dôwl dewolow in mes a dus. Rag ena yma lies den a'n par-na, hag y a vÿdh hùmbrenkys ena wosa viajya deg dÿdh wàr an fordh.

Hag yma an vreder-ma, dre nerth Duw, orth aga yaghhe hag orth aga besydhya. Ha'n glevyon a wra ry aga fâls duwow ha'ga enevalles dhe'n bredereth; ha'n re-ma a wra tan hag a dôwl an fâls duwow ino, hag y a wra labma a'n tan. Ena an vreder a dôwl dowr sans warnodhans ha'ga thôwlel arta dhe'n tan. Ena an dhewolow, kepar ha mog du flerys, a wra mos in mes anodhans, ha'n imajys a vÿdh leskys. Ena y fÿdh clôwys lev i'n air ow leverel: "Mir fatell y'm helhyr a'm trigva."

Indella yma an vreder ow trailya lies onen a'n dus dhe'n fÿdh wir; ha whath y a wrussa omdrailya arta dh'aga fâls-crejyans, na ve an vreder prèst ow progeth dhodhans.

9. Valy an Re Marow

Inwedh me a welas tra uthyk ena. Pàn esen ow kerdhes in udn nans bian ogas dhe Ryver an Lùstys, me a welas lies corf marow. Hag i'n nans-na me a glôwas sonyow a ilow wheg lies ehen gytterns ha harpys, hag uth brâs a'm kemeras.

Hës an valy o seyth mildir dhe'n lyha, martesen eth; ha pynag oll den a wrello entra ino yn tybreder, ev a via marow kyns kerdhes hanter an valy. Rag hedna, ny vydna tus an pow dos in ogas dhodho.

Whans a'm beu entra dhe'n nans-na, hag a leun golon me a besys Duw, hag omsona, ha wosa hedna me êth dy. Hag ena me a welas kebmys corfow marow, ma na wrussa den vÿth y gresy, marnas ev a'n welas. I'n valy-na a'n eyl tenewen dhybmo, yth esa carrek vrâs, ha warnedhy yth esa kervys bejeth bylen den, leun a draitury, ow miras orthyf. Me a gemeras own me dhe verwel stag ena: mès an geryow-ma dheuth dhe'm brÿs: "An ger a veu gwrÿs kig hag a drigas intredhon ny", ha me a wrug sin an grows. Ena me êth mar ogas dhodho ma nag esa seyth pò êth cabm intredho ev ha me.

Alena me a wrug omdedna bys i'n hanter aral a'n valy, ha crambla wàr bedn tolgh growynek ha miras a bùb tu dhybm, mès tra vŷth ny welys; saw me a glôwas an harpys ow cana, heb den vŷth orth aga seny. Ha pàn wrug avy dos dhe bedn an tolgh, me a welas lies darn a arhans ow spladna wàr an dor. Me a gùntellas meur anodhans ha'ga sensy i'm ascra, ow predery aga don genef ha'ga dysqwedhes avell marthùs. Hag ena ow honscians a wrug dhybm aga thôwlel dhyworthyf, heb don onen vŷth anodhans. Hag indella dre râss Duw me a dheuth in mes a'n nans yn saw.

Pàn gonvedhas tus an pow me dhe dhos alena yn few, marth brâs a's teva ahanaf, ow leverel ow bos sans besydhys. Y a leverys an corfow-na dhe vos corfow tus, ha bos lawethan a iffarn ow qwary an harpys rag dynya tus dhe dhos ena, may halla aga ladha.

10. Cyta Kambelech

Alena me a gerdhas dre lies tre tro ha'n Ÿst bys
may whrug avy dos dhe cyta yw gelwys
Kambelech. Hòm yw pedn-cyta goth Cathay. Tus
Tartary a's kemeras hag a wrug ena cyta aral yw gelwys
Kaydo; hag inter an dhyw cyta yma dyw vildir; ha wàr
an tir-na yma kebmys treven may halsa den tyby bos
ena udn cyta in le dyw: hag adro dhe'n dhyw yma dew
ugans mildir.

I'n pedn-cyta yma pedn-plâss ha palys an Emprour
Khan, hag adro dhe'n ger-ma yma deg mildir. Ena yma
dhe dus an lÿs meur a balycys brâs ha bryntyn. Ajy dhe
oryon an pedn-palys yma meneth teg, plynsys gans
gwëdh, hag awos hedna yma va gelwys an Meneth
Glas.

Ena yma an tecka a oll an palycys, le mayth usy trigys
an Arlùth Khan. Ryb an meneth-ma yma ow resek
gover ledan, ha meur a ÿdhyn dowr ino; hag yma meur
a ÿdhyn gwyls hag enevalles i'n gwëdh. Rag hedna, pàn
vydn an Arlùth Khan helghya, ny res dhodho mos aves
dh'y lÿs y honen.

I'n pedn-palys an mytern-ma yma splander brâs; naw
pyllar a owr aberveth, ha'n fosow oll gorherys gans
crehyn cogh in mesk an tecka wàr an norvÿs. In cres an

palys yma men a bris dew gevelyn in uhelder, ha'y hanow yw Merdûcas: hag ev yw cudhys yn tien gans owr, hag in pùb corn yma imach a nader owrek ha'y ganow egerys ales, ha perlys adro dhodhans, hag y ow tyllo gwin in mes a'ga min: hag ogas dhodhans yma lestry a owr, may hallo pùb a vydno eva an dewas.

I'n palys-na yma lies payon a owr; ha pàn rollo onen a'n dus a Tartary gool dh'y arlùth ha'y blesya, ha'y vos ev ow tackya dewla gans lowena, ena an payonas a wra derevel aga eskelly ha terlebmel. Hedna a veu gwrÿs dre neb cast pò jyn in dadn an leur, dell gresaf.

11. An Emprour Khan a Cathay
ha splander y lÿs

Pàn vo an Emprour esedhys in y se, y fÿdh an
vyternes owth esedha abarth cledh dhodho:
abarth isella dhedhy hy hag a'n keth tenewen y fÿdh
esedhys oll hy nessevyn a woos. Ha'n gwrageth
demedhys a wysk wàr aga fedn hot in form a droos den,
mar hir avell bregh den, taclys gans pluv ha gans perlys.
Abarth dyhow dhe'n Emprour Khan y fÿdh esedhys y
vab cotha, neb a wra rainya wàr y lergh ev: hag abarth
isella dhodho y fÿdh y nessevyn a woos. Ena inwedh
yma deg scrivynyas, neb a scrif pùb ger oll a lever an
mytern, rag aga gwitha in cov; hag yma an arlydhy ha
meur a dus vryntyn erel ow sevel aragtho. Ny leves den
vÿth cows ger vÿth heb govyn cubmyas an mytern,
marnas an menstrels ha'n mûsycyens, usy ena rag y
dhydhana. Ha wàr druthow an palys yma arlydhy ow
qwitha ma na vo tùchys postow an daras gans den vÿth
a wrello entra.

Pàn rollo an Arlùth Khan gool, y fÿdh ganso naw mil
a arlydhy ow ton cùrudnow wàr aga fedn, ha delcow a
owr, hag y a wra menystra dhodho: ha pùbonen
anodhans a wysk qweth owr in y gerhyn, ha perlys a

dal moy ages deg mil floryn. An lÿs-na yw arayes gans meur a reowta: tra ny fyll dhodho.

Me, an Broder Odryk, a veu ena teyr bledhen, hag i'n golyow lies treveth; rag dhyn ny an Vreder Loos yma tyller appoyntys i'n lÿs, ha res o dhybmo vy mos dh'y sona. Ha me a wovydnas orth re esa ena pygebmys o nyver an dus i'n lÿs, hag y a ros dhybm an nyverow a sew: menstrels, peswardhek cans; gwithysy keun hag ÿdhyn, whêtek cans; nyver medhygyon an Arlùth Khan, peswar cans; Cristonyon, eth cans; hag udn Sarsyn; hag yth esa an dus-ma oll warbarth ow cafos aga othomow in lÿs an Arlùth Khan.

Pàn wrello ev marhogeth dhe radn aral a'y wlas, y veynys a vÿdh rydnys in peswar lu a varhogyon, ha pùb lu udn jÿdh a viajya dhyrag y gela, hag ev y honen i'n cres anodhans, ha'n varhogyon wàr y lergh, ha dhyragtho, hag a bùb tenewen dhodh in form a grows. Ha indella pùb lu a yll degemeres gorhemynadow an mytern, kefrÿs aga boos ha dewas.

An Arlùth Khan y hone â wàr rag kepar dell sew: ev a eseth in kert dyw-ros, ino cader a'n tecka, ha hy gwrÿs a'n predn a elwyr aloe, taclys dell yw gans owr ha perlys a'n brâssa, ha gans meyn meur aga fris; ha deg olyfans taclys yn tâ a dedn an kert-na, ha deg margh fin arayes ow mos dhyragthans.

Ogas dhe'n kert-na yma deg a'n arlydhy ow marhogeth rag gwitha na dheffo den vÿth bys dhodho. Owth esedha wàr an kert yma dew hôk bryntyn pòr wydn a elwyr gerfalhùn, ha'n Emprour, pàn well ÿdhyn a vydn ev aga hemeres, dhyll an hôkys ev a wra, hag y uskys a's cach. Hag indelma ev a omdhydhan wàr an hens. Ny leves den vÿth nessa dhe'n kert ajy dhe dowl men, marnas ev a vo gelwys.

An Khan-ma a wrug radna y arlottes in dewdhek radn: hag udn radn a's teves dew cans cyta vrâs. Mar ledan yw arlottes an Arlùth Khan, may kebmer ev whegh mis dhe gerdhes dredho. Ha may hallo travalyoryon dre y arlottes cafos gwestiow, an Arlùth Khan re wrug gwestiow parys dhodhans ryb an fordh.

12. Golyow an Arlùth Khan

An Arlùth Khan a wra peswar gool i'n vledhen: onen rag an jÿdh may fe genys; onen aral rag an jÿdh may feu besydhys; an tressa rag an jÿdh may feu demedhys; ha'n peswera rag an jÿdh may feu cùrunys. Ha dhe'n golyow-na ev a elow y arlydhy ha'y gerens in kettep onen.

Ena pàn wrello esedha in y dron, an arlydhy a dheu ha cùrudnow owr wàr aga fedn, ha delcow owr adro dh'aga briansen, ha dyllas lieslyw i'ga herhyn: an re kensa a wer, ha'n ness a gogh, ha'n tressa a velen: hag yma pùbonen ow sensy in y leuv tablet gwrÿs a dhans olyfans; hag yma kelgh owr wàr bùbonen a'n re-ma. Ha'n bobel-ma a sev heb cows ger vÿth. Adro dhodhans yma an menstrels, ha'ga thaclow ilow gansans.

In udn gornel a'n palys yma an dus skentyl ow studhya aga creft. Ha pàn vo devedhys an eur compes, y a dhesk certan crior, hag ev a gry a lev uhel: "Êns pob wàr bedn dewlin dhyrag agan Emprour ny!" Ena oll an arlydhy a wra codha wàr an leur. Hag arta an crior a gry: "Gwrêns pùbonen sevel in bàn!" ha pob a sev in bàn wàr hast. Treveth aral an crior a wra gorhebmyn: "Gorrowgh agas besyas i'gas dywscovarn!" hag ena ev

117

a gry: "Kemerowgh y in mes!" Hag indella pùb eur yma pùbonen ow tysqwedhes neb gwythres. Ha lies tra aral y a wra. Hag y feu leverys dhybm bos dhe bùb gwythres neb styr, mès ny'm beu whans aga scrifa, drefen aga bos taclow uver, gwag, ha ny'm deur màn anodhans.

Pàn dheffo eur an mûsycyens, one a'n dus skentyl a lever: "Gwrewgh dydhana an Arlùth!" hag pùbonen anodhans a vydn seny y instrûmentys ha gwil tros pòr vrâs. Ena ken onen a gry: "Gwrêns pùbonen tewel!" ha pùb huny a dew.

Ena an crior a worhebmyn dhe'n menstrels cana, ha hedna y a wra, an eyl torn yn tâ, tres aral yn wharthus, hag gwell o genef hedna ages oll an gwythresow erel.

Ena y teu lewas in onour dhe'n Arlùth Khan.

Ena an menstrels ha'n mûsycyens a wra dhe'n fiolow owr hag arhans, hag y leun a win, neyja in air ha'ga gorr aga honen dhyrag min an dus, may hallons eva anodhans.

An re-ma, ha meur a varthùjyon erel, me a welas in lÿs an Emprour, na vynsa den vÿth aga cresy, marnas ev a's gwelas.

Gerva

aberveth inside, inwards
abma to kiss
adhelergh *adv.* behind
adhyfuna awake
adreus across, athwart
adrëv behind
afydhya to trust
ajy *adv.* within, inside
alebma hence; ago
alena thence, from there
ales wide open
aloe *pl.* **aloes** aloe
âls shore
alwhedha to lock
alwhedhyk little key
amanynys buttered
ambos promise
ambosa to promise
amowntya to amount, to avail
anal f. breath
ancombrynsy embarrassment; difficulty; **gyllys in ancombrynsy** confused
ancothfos unknown thing
ancow death
anfusyk *adj.* unfortunate; (*as a noun*) unfortunate person
angus anguish
ankensy grievous
anvoth reluctance
anwhek dreadful, nasty
appa, *pl.* **appys** ape
apron, *pl.* **aprodnyow** apron

aqwytya to pay for, to recompense
ar tilled land, tillage
araya to arrange, to array
arethya to lecture, to give a talk
arhow *pl.* fund, kitty
arlodhes f., **arlodhesow** lady
arlottes jurisdiction, territyor
arlùth, *pl.* **arlydhy** lord
arvow *pl.* arms
arweth f., *pl.* **arwedhyow** sign
ascorn, *pl.* **eskern** bone
ascra f. bosom
askel f., *pl.* **eskelly** wing
aspia to look, to espy
assaya to try
assentya to agree
aswy f., *pl.* **aswiow** gap
astranj foreign, strange
athves ripe, mature
atla, *pl.* **atlyon** rogue, scoundrel, criminal
attês comfortable, at ease
avàn up, aloft
avarr early
avon f. river
avorow tomorrow
avoutry adultery
avowa to admit
avy liver
awartha *adv.* above
awel f. weather
awoles *adv.* below
awotta behold

a'y oos always (in the past)
baboun, *pl.* **babouns** baboon
baby, *pl.* **babiow** baby
badh boar
badna drop; (as *adv.*) at all
bagh hook
baily bailiff
balyer barrel
banknôta, *pl.* **banknôtys**
    banknote
bara bread
bargen bargen; **bargen tir** farm
barlys barley
barren f., *pl.* **barednow** twig,
    small branch
barrya to bar
barv f. beard
bason basin
bedhygla to bellow
bejeth visage, face
benegys blessed
berr short
bës, *pl.* **besyas** finger
best, *pl.* **bestas** animal, beast
besydhya to baptize
bew alive
bewa to live
bêwnans life
bian small
blam blame
blamya to blame; **dhe vlamya**
    guilty, blameworthy
blas taste, savour
bledhen f., *pl.* **bledhydnyow** year;
    (years of age) **bloodh**
bleus flour; **bleus kergh** oat flour;
    bleus barlys barley flour
bleydh wolf
bleyn point, tip
blogh bald
bobba fool, booby
bobm blow
bodh wish, desire

bodhar deaf
bohosogneth poverty
boos food
bord board, table
bosty café, restaurant
botel bottle
bowjy cowshed
box box
bran f., *pl.* **bryny** crow, raven
brav fine; **yn frav** in fine fashion
brawn brawn
bre f. hill
bredereth brotherhood, brothers
bregh f., *dual* **dywvregh**, *pl.*
    breghyow arm
brehel, *pl.* **brehellow** sleeve
bresel f. conflict, war
brest brass
brest breast
breus f. judgement
brêwy to injure, to bruise
brewyon *coll.* fragments
briansen f. throat
broder, *pl.* **breder** brother, friar;
    Broder Loos Greyfriar,
    Franciscan
brodn f. breast
brusy to judge
brusyas, *pl.* **brusyjy** judge
bryjyon to boil
bryn, *pl.* **brynyow** hill
bryntyn *adj.* noble; (as *noun in*
    pl.) **bryntynyon** noblemen,
    nobles
bryvya to bleat
buan swift
bùcka, *pl.* **bùckyas** goblin
budhy to drown
bugel shepherd
bùket bucket
bùlhek gapped, crenellated
bùrjes, *pl.* **bùrjesy** citizen,
    burgher

buwgh f. cow; *An Vuwgh Gogh* (pub name) *The Red Cow*
by Godys fo *interj.* by the Devil, in very deed!
byldya to build
bylen villainous
bysmer insult, shame
bysow ring (for the finger)
bysy busy
bytegyns however
cabel accusation, calumny
cably to accuse, to condemn
cabm, *pl.* **cabmow** step; **wàr gabm** carefully
cabmgrejyans f. superstition
cachya to catch
cader f. chair
cadnas f., canasow messenger
cales hard, difficult
caletter difficulty
caltor f., *pl.* **caltoryow** cauldron, pot
camdremena to misbehave
camdyby to be mistaken
camphor camphor
cân f., *pl.* **cànow** song
canqweyth hundred times
cans, *pl.* **cansow** hundred
canspos hundredweight
canstel f. basket
car, *pl.* **kerens** parent, relative
cara to love
caror, *pl.* **caroryon** lover
carr slynkya sleigh, sledge
carrek f. rock
cartha to scrub
câss case; **câss lytherow** letter case, wallet
cast trick; **gwary cast** to play a trick
castel castle
cauns pavement
cavanskeus excuse

cavylek contentious
cawdarn cauldron
cawn gutter, trench
chacya to chase
chain euryor watch chain
chambour chamber, bedroom
chaunjya to change
chauns chance, opportunity
cher condition, mood, cheer; **drog y jer** in a bad way; **gwellhe y jer** to improve his condition
chy, *pl.* **treven** house; **chy an seneth** the senate house; **chy brîhy** brewery
chymbla, *pl.* **chymblys** chimney
clamdera to faint
clappya to talk
clâv sick; (*as noun*) patient *pl.* **clevyon**
cledha sword
cleghtour belfry
clerder clarity
cleves sickness, illness
clogh bell
cloghprednyer pl. gallows
clôwes to hear, to feel, to smell
clùb club
codha to fall; **y coodh** must, should
codnek shrewd, clever
coffy coffee
cogh red, scarlet
collan f. large knife
collel f. knife
collenwel to fulfill
colm bond, link
colodnek hearty, courageous; *adv.* heartily
comendya to commend
compes straight
con supper
conscians conscience
constrîna to constrain, to compel

contron *coll.* maggots
convedhes to understand
conversacyon behaviour
coodh fall
coos, *pl.* **cosow** wood, forest
coref beer, ale
corf, *pl.* **corfow** body
corflan churchyard
corn horn; **heb whetha corn** quietly, surreptitiously (lit. without blowing a horn)
cornel f. corner
cors course (of meal)
corsen f., *coll.* **cors** reed
cortes courteous, polite
coscar retinue, company
cosel quiet, peaceful
cosoleth peace, quiet
cossa to tickle, to make to itch
costya to cost; **costyens a gostyo** whatever it costs
cot short
coth old
cot'he to shorten
cothman, *pl.* **cothmans** friend
cothwas old man
cov memory
cowal complete
cowel, *pl.* **cowellow** basket; cradle; **cowel lesca** rocking cradle
coweth, *pl.* **cowetha** companion
cowethes f. female companion
cowl-ervys fully armed
coynt strange, curious; clever
coyntys cleverness, intelligence
crackya codna *adv.* at break-neck speed
cramyas to crawl
crambla to climb
cravas to scratch
crawkya to crow, to caw
crawkyans crowing

crefny avaricious, greedy
creft f. craft, art
cregy to hang
crellas ruin (of building)
crena to shudder, to tremble
cres middle; **in cres y oos** middle-aged
crev strong, powerful
cria to cry, to shout
crîba to comb
criv raw, uncooked
crigh wrinkled
crîhys shrivelled
crior crier
Cristyon, *-pl.* **Cristonyon** Christian
crobmys bent, stooped
croffolas complaint
crog act of hanging; **yn crog** hung (of meat)
crogen f. skull
croglen, *pl.* **croglednow** curtain
crohen f., **crehyn** skin, hide
crow hut; **crow mogh** pigsty
crowjy hut, cot
cruèl cruel
crugyn, *pl.* **crugydnow** little heap
cryjyk believing
cùbert cupboard
cubmyas permission
cudha to hide
cudhyjyk anxious
cùhudha to accuse
cùhudhans accusation
culyak reden grasshopper
cùntell to collect
cùntellyans meeting
cunys firewood, fuel
cùrun f., *pl.* **cùrudnow** crown
cùruna to crown
cùrunor coroner
curyak, *pl.* **curyogas** pimple
cùsca to sleep

cùsk sleep

cùssul, *pl.* **cùssulyow** counsel, advice

cùssulya to advise

cuv kindly, kind

cyta f., *pl.* **cytas** city

dâ good; (*as noun*) goods

dalhen grasp, grip

dalhedna to grasp, to seize

dall blind

dalla to blind

dalleth to begin

dallya to dally, to linger

dama f. **wydn** grandmother

damach damage

dampna to condemn

dans, *pl.* **dens** tooth

danvon to send

daras door; **daras arag** front door

darbary to provide

dargan f. prediction, prophecy

dargana to predict, prophesy

darn, *pl.* **darnow** piece, fragment

daskemeres to retrieve, to get back

das, *pl.* **deys** heap (of grain)

dascor to relinquish, to return (something)

dasseny to echo, to reverberate

dasson echo, reverberation

debâtya to debate; (*as noun*) debate

debma halfpenny

debry to eat

dedhewadow promise

dedhewy to promise

defolya to violate; (*as noun*) violation

defowt lack, fault

defry indeed; **yn tefry** indeed

deg, *pl.* **degow** ten

degea to shut; **deges** shut

degemeres to receive, to accept

degensewa to threaten, to come on fast (of weather, night)

deges shut, closed

degoth; y tegoth must, should

degre degree, rank

dehesy to hurl

delen f., *coll.* **del,** *pl.* **delyow** leaf

delergh rear, back; **wàr dhelergh** back, backwards

delk, *pl.* **delcow** brooch, clasp

delyvra deliver

demedhyans marriage; **terry demedhyans** to commit adultery

dena to suck, to feed at the breast

dendyl to deserve, to earn

denethy to conceive, to beget

denewy to pour

derevel to lift, to build

derivadow account, report

derivas to recount, to tell

descrivyans description

descajor, *pl.* **descajoryon** teacher

desehys desiccated, dried

desempys, dhesempys immediately

desirya to desire

deskerny to snarl, to show the teeth

desky to teach, to learn

desmygy to imagine

deur; ny'm deur I don't care

deuva *perfect of dos* has come

devar duty

devorya to devour

devyn, *pl.* **devydnow** passage, selection

dew two; *fem.* **dyw; dew ugans** forty

dewas drink

dewdhek twelve

dewdros *dual* feet; also *pl.* **treys**

dewedha to finish, to end

dewedhes late
dewetha last, latest
dewlin dual knees
dewyn, *pl.* **dewynyon** magician; **dewyn hunrosow** interpreter of dreams
dewynieth magic, clairvoyance
dial revenge, vengeance
diank to escape
diarhen barefoot
diegrys shocked, trembling
dien complete, whole
diogel certain
disky to take off, to doff
dohajÿdh afternoon
dooth wise
dor earth
dorgris earthquake
dorn hand, fist; handle of door
doust hesken sawdust
down deep
dowr water; river
dowtya to doubt, to fear
drèm lamentation, mourning
dremas good man
drog-ober, *pl.* **drog-oberow** crime, evil deed
drog-oberor *pl.* **drog-oberoryon** culprit, criminal
druth precious
durya to last, to persist
Duw God; **duw**, *pl.* **duwow** god; **Duw dyfen** God forbid; **Duw yn test** as God is my witness; **re Dhuw a'm ros** by God my Creator
duwhan sorrow
duwhanhe to be sorrowful, to make sorrowful
dyblans clear, definite; **yn tyblans** clearly
dybreder thoughtless, careless
dydhana to entertain

dyfuna to awaken
dyfygyans uskys heart failure, sudden collapse
dygelmy to untie
dygolon discouraged, faint-hearted
dygomol cloudless
dyharas apology
dyllo to release, to publish
dynar penny
dynerhy to greet
dynya to coax, to lure
dynyta dignity
dyowl, *pl.* **dewolow** devil
dyscryjyk incredulous
dyscudha to discover
dysencledhyas disinter, dig up
dysevys dishevelled
dyslyw discoloured
dysmailya to unwrap
dysper despair
dyspresya to reject
dyspûtya to dispute, to argue
dysqwedhes to show
dystemprys annoyed
dystryppya to strip off
dyswil to destroy, to undo
dyswrians destruction
dyvusur measureless, limitless
dyvyn, *pl.* **dyvynyon** small piece, crumb
dywosa to bleed (as medical therapy)
dywredhya to uproot
dywy to glow, to burn
dywysyk industrious, eager
edhen, *pl.* **ÿdhyn** bird
edrega regret, repentance
edrek regret
egery to open
ehen f. kind, sort
emporeth empire
empres f. empress

emprour emperor
emskemunya to excommunicate
encledhyas to bury
encressya to increase
enef, ena, *pl.* enevow soul
eneval, *pl.* enevalles animal
enewores; in enewores at the
    point of death, on one's
    deathbed
er heir
erbyer garden, orchard
erbysy to save, to economize
erbysyas economizer
ergh snow
ervira to intend, to decide
esedha to sit; a'y eseth sitting
esel, *pl.* esely member; Esel
    Seneth Member of Parliament
eskelly grehyn bat (*Chiroptera*)
eskernjy bone house
eskydna to ascend, to come up
eskynleur (station) platform
êsy easy
etek eighteen
eth eight
ethves eighth
eur hour, time
euryor watch
ewl dhe voos desire for food,
    appetite
ewn-demprys well mixed
ewn-desedhys properly laid out
exaltya to exalt
examnya to examine
exilya to exile
eyl; an eyl ... y gela the one ... the
    other
facya to pretend; (*as noun*)
    pretence
falhûn, *pl.* falhûnas falcon
fâls false
fâls-lavar, *pl.* fâls-lavarow false
    statement

fâlsury falsehood, dishonesty
farwell farewell, goodbye
fast firm, tight; *adv.* firmly, tight
fay faith; wàr ow fay *interj.* upon
    my faith, upon my word!
fekyl hypocritical, two-faced
fel cunning
fenester f., *pl.* fenestry window
fèst very, extremely
fetha to conqwer, to overcome
fia; fia dhe'n fo to flee, to run
    away
fienasow *pl.* anxiety
fiol f. cup, vial
flogh, *pl.* flehes child
flour, *pl* flourys flower
floryn florin
form f. form, shape
forsâkya to forsake, to abandon
fos f., *pl.* fosow wall
frappya to beat, to strike
fria to fry; fries fried
frodn f. bridle
frût fruit
fyllel to fail
fysky to hurry; (*as noun*) hurry,
    haste
fysmant features, appearance
fystena to hurry
gallas *perfect of* mos has gone
gallos power
galosek powerful, mighty
gardh yard
garma to call, to shout
garr f., *dual* dywarr leg
gasa to leave, to let
gast f. bitch (dog)
gavar f. goat
gavel f. grasp
gavelgy, *pl.* gavelgeun mastiff
gebm, *pl.* gebmow gem, jewel
geler f. coffin
gellrudh auburn

gelwel to call
ger, *pl.* geryow word
gerfalhûn gerfalcon
ges fun, mockery
glanhe to clean
glus glue
glybya to moisten
gnas nature, character
gobra to hire, to pay
gocky foolish
godhaf to suffer
godros to threaten
goheles to avoid
gokyneth foolishness, folly
goles bottom; goles wàr vàn
  bottom up
golghjy laundry
golghyon *pl.* suds
golo cover, envelope
golok f. look, sight
golokva f. view, sight
golow light; worth golow nos by
  night; (*as adj.*) bright, brilliant
golowder brilliance, light
golowy to illuminate
golowyjyon brightness, brilliance,
  light
gonys tir cultivation, agriculture
gool, *pl.* golyow feast, festival
goon f., *pl.* gonyow moor;
  gonyow gwastas Rùssya the
  Russian steppes
gora hay
gordhuwher evening
gorfedna to finish
gorhebmyn to command
gorhel ship
gorhemynadow command
gorhery to cover
gorlanwes abundance
gorlenwys full, packed
gormel to praise
gormola praise

gorowrys gilt
gorra to put
gorsaf station
gortheby to answer
gosa to smear with blood
goslowes to listen
goslowor *pl.* gosloworyon
  listener
gostyth obedient
gour husband
govenek hope
gover stream
govyn to ask
govynadow query, question
gowek lying, mendacious
gowegneth falsehood, mendacity
grâss thanks, gratitude
grauntya to grant
grevya to afflict, to use ill; grevys
  afflicted
growedha to lie
growynek *adj.* granite
grugyar f., *pl.* grugyer partridge
grugys waist
grysys *pl.* stairs
guw, *pl.* guyow spear
gwadn weak; gwadn y skians
  dim-witted
gwadn-ober evil deed, crime
gwag empty
gwagla vacuum, empty space
gwaityans expectation
gwakhe to empty
gwana to pierce, to stab
gwandra to wander
gwarnya to warn
gwarthek *coll.* cattle
gwary to play; (*as noun*). game
gwas, *pl.* gwesyon fellow, man
gwasonieth penys penal servitude
gwastas level, flat
gwaya to move
gwayans movement

gweder glass
gwedhen f., *coll.* gwëdh tree
gwel, *pl.* gwelyow (cultivated) field
gwely, *pl.* gweliow bed
gwer green
gwertha to sell
gwerthjy shop, store
gweskel to hit, to strike
gwesperow evensong; prës gwesperow eventide
gwessyow *pl.* lips
gweste, *pl.* gwestion guest, client
gwesty, *pl.* gwestiow lodging house
gwîhal to squeal
gwin wine
gwrivrusy to judge justly
gwiryon innocent
gwiryoneth truth
gwitha to keep, to guard
gwithy *coll.* veins
gwithyades chy housekeeper
gwithyas guard, warden; gwithyas cres policeman; gwithyas keun dog warden
gwedhrys withered
gwetyas to hope, to expect
gwlas f., *pl.* gwlasow country
gwlascor f. kingdom
gwragh f. hag, old woman
gwreg f., *pl.* gwrageth wife
gwres heat
gwrians construction
gwrihonen f. spark
gwrydnyans extortion
gwycor, *pl.* gwycoryon peddlar, traveller
gwyls wild
gwysca to wear
gwythres action, activity
gyky to peer, to look
gyttern, *pl.* gytterns guitar, zither

gyvyans forgiveness, pardon
hadre *conj.* while, as long as
hager ugly
hager-vernans grim death, horrible death
halyor haulier
hanasa to sigh
haneth tonight
hanow, *pl.* henwyn
hanter half; hanter-cans fifty; hanter-dÿdh midday, noon; hanter-dyfun half awake
hap chance
hapya to happen, to occur
harp, *pl.* harpys harp
hartha to bark
hast haste; wàr hast quickly, in a hurry
haunsel breakfast
haval similar, like
hebaskhe to calm, to soothe
hedhy to cease
hel hall
helghya to hunt, to go hunting
helgig venison
helgy hunting dog
hell slow
hens way; hens horn railway
henwel to name
hewel visible
hevelly to seem, to appear
hirneth long time, (as *adv.*) for a long time
hockya to hesitate
hogh, *coll.* mogh pig
hôk, *pl* hôkys hawk
holya to follow
hoos, *pl.* heyjy duck
horn iron
hot, *pl.* hottys hat; hot bowler bowler hat
hothfys swollen
howl sun

hudhyk happy, contented
hùmbronk to lead
hun sleep
hunlef nightmare
hunros dream
hunrosa to dream
iffarn hell
ilow music
ilowek musical
imach, *pl.* **imajys** statue, image
in bàn up, upwards
indella in that way
indelma in this way, thus
inia to urge
iniadow urging
inketella in that same way
instrûment, *pl.* **instrûmentys** instrument
isel low; **yn isel** gently, quietly
iskel soup
istory history
istyna to stretch, to reach
jentyl gentle, noble
jevan demon
jevody I tell you, indeed
joust, *pl.* **joustys** joust
jouster, *pl.* **jousters** jouster
jùj judge
jyn, *pl.* **jynys** device; (siege) engine
jynor, *pl.* **jynoryon** engineer
jynweyth machinery
kebmyn common
kefrÿs also
kegyn f. kitchen
keheryn gristle
kekefrÿs also
keles to hide
kelorn bucket
kendon f. debt
kensa first
kenter daras door nail
kentreny to become maggoty

kentrevak, *pl.* **kentrevogyon** neighbour
kentrevoges f., *pl.* **kentrevogesow** female neighbour
kentrydna to spure, to encourage
ker dear; expensive
kerdh walk; **in kerdh** away
kerdhes to walk
keredhy to rebuke, to chasten
kerhes to fetch
kert cart, carriage
kervya to carve
keryn tub
kerys beloved, dear
kescoweth, *pl.* **kescowetha** pal, chum
kesrewlya to rule jointly
kesscrifor, *pl.* **kesscriforyon** correspondent
kessensy to bet
kettryn, *pl.* **kettrynow** omnibus, bus
kevelyn cubit
kevrin secret
kevrînek *adj.* secret
keyn, *pl.* **keynow** back
keyngrobm with bent back
kig meat, flesh; **kig mogh** ham, bacon; **kig restys** roast meat
kigor, *pl.* **kigoryon** butcher
kilben back of the head, occiput
knes skin
knighyas neighing, whinnying
knouk knock
knoukya to knock; **knoukya gans meyn** to stone to death
knyvyas to shear, to shave
ky, *pl.* **keun** dog
kynda kind, nature; **warbydn kynda** unnaturally
kyns before
kyny keen, lament
kynyewel to dine

kynyow dinner
kysten f. box, chest
labm jump, leap; **wàr udn labm**
  all at once
labma to jump
lader, *pl.* **ladron** robber
ladra to steal
ladrans theft
lamp lamp
lanwes fullness, excess
lavar, *pl.* **lavarow** sentence,
  utterance
lavur labour
lavurya to labour, to trudge, to
  travel
lawethan leviathan, monster
lebmyk, *pl.* **lemygow** little drop,
  sip
le place
le less
lebmyn now
ledrys stolen
ledya to lead
lel faithful, worthy
lemen *conj.* except, but
lendury justice, righteousness
lenky to swallow
lenwel to fill, to fill in
les advantage, interest
lesa to spread
lester, *pl.* **lestry** vessel
lesvabm f. stepmother
let delay; **heb let** na strech
  absolutely immediately
lettya to stop, to prevent
leur floor, ground
leurlen carpet
leuv f., *dual* **dewla** hand
leverel to say, to tell
lew, *pl.* **lewas** lion
lewyas to drive
lien f., *pl.* **lienyow** sheet; cloth,
  tablecloth

lies many; **lieslyw** multicoloured;
  liesgweyth often
liv flood
lobm bare
lodn beast, animal
loos grey, grey haired
lorel, *pl.* **lorels** scoundrel
losowen f., *coll.* **losow** herb
lovan f. rope
lowarn fox; *Lowarn ha Helgeun*
  Fox and Hounds (pub name)
lowarth garden
lowarthor gardener
lowen happy
lowena f. happiness, joy
lowenek merry, happy
lowr enough
luhesen lightning
ly lunch
lybm sharp
lyha least; **dhe'n lyha** at least
lÿs f. court
lyther, *pl.* **lytherow** letter
lyver, *pl.* **lyvrow** book
lyverva f. library
lyw colour
mab, *pl.* **mebyon** son; **mab den**
  human kind; **udn vab** only son
mabm f., *pl.* **mabmow** mother
mabmeth f., *pl.* **mamethow**
  breastfeeding woman, nursing
  mother
maga to feed, to nurture
maghteth-wreg young wife
main means, way
màn *adv.* at all
manek f., *pl.* **manegow** glove
maner f., *pl.* **manerow** manner,
  way; (*in pl.*) manners, courtesy
marchondîs merchandise
marchont, *pl.* **marchons**
  merchant

marhak, *pl.* **marhogyon** knight, horseman

marhas f. market

marhogeth to ride

marow dead

martesen perhaps

marthùs, *pl.* **marthùjyon** wonder, miracle

marthys wonderful, remarkable

maw boy, servant

mebyl furniture, goods

medhek, *pl.* **medhygyon** doctor

medhegieth f. physic, medicine

medhow drunk

megy to smoke

megyans breeding

mejy to reap

menstrel, *pl.* **menstrels** minstrel

meppyk little boy, baby son

merwel to die

meythryn to nurture, to bring up

melen yellow

men, *pl.* **meyn** stone; **men pry** brick

meneth, *pl.* **menydhyow** mountain

menowgh; yn fenowgh often

mêntons maintenance

menystra to minister

merk, *pl.* **merkys** mark

mernans death

mery merry; **maga fery avell hôk** as happy as the day is long

metya to meet

meur great; much

meur-gerys greatly beloved

mewl disgrace, shame

mil f., *pl.* **milyow** thousand

milast f. bloodhound bitch

mildir f., *pl.* **mildiryow** mile

milgy, *pl.* **milgeun** bloodhound

milwell thousand times better

milweyth thousand times

min mouth, edge

minwherthyn to smile

miras to look

mis, *pl.* **mîsyow** month

mog smoke

mollath f., *pl.* **molothow** curse

mollethy to curse, to swear

moos f. table

morethek sorrowful

mostya to dirty, to sully

mostys dirty

movya to move

movyans movement

munys tiny, very small

muscok mad; (*as noun*) madman

mûsycyen, *pl.* **mûsycyens** musician

mylega to curse

mynk platform

myns size, amount

myrgh f., *pl*, **myrhas** daughter

myrour mirror; **myrour hus** magic mirror

myshyf damage, harm

mytern, *pl.* **myterneth** king

myternes f., *pl.* **myternesow** queen

myttyn morning

nader f. snake, viper

nagonen *pron.* not one

naha to deny

nahen *adv.* not before

nameur not much

namna(g) *conj.* hardly, scarcely

namoy any more, no more

nans, *pl.* **nansow** valley

napell *adv.* very long

nappa nap, snooze

natur nature

nawnjek nineteen

nebes little; **nebes ha nebes** bit by bit, gradually

negys, *pl.* **negyssyow** business

nenbren rafter, beam
neppyth something
nes *adv.* indeed, at all
nessa next
nessa to approach
nessevyn *coll.* relatives
nev heaven
nevek heavenly
neyja to fly
norvÿs world
nos f., *pl.* **nosow** night
nos, *pl.* **nosow** sign, mark
nôta note
nown hunger
nownek hungry
nowodhow *pl.* news
noy nephew
nycyta foolishness
nyver number
nyvera to number, to count
oferen f. mass, eucharist
oferyas, *pl.* **oferysy** priest;
  oferyas teylu family chaplain
ol, *pl.* **olow** mark, sign
ola to weep
olyfans elephant; **dans olyfans**
  ivory
ombesky to be well fed, to fatten
ombredery to meditate, to
  consider
omdedna to withdraw
omdhydhana to amuse oneself
omdowl wrestling
omgemeres to undertake
omglôwes to feel
omgows conversation
omgôwsel converse
omgùntell to assemble
omlath fight
omlavar dumb, speechless
omsona to bless oneself
omwethhe to deteriorate
omwheles to upset, to overturn

omwil to make oneself, to pretend
  to be
omwolhy to wash (oneself)
omwysca to dress, to get dressed
onen one
onora to honour
onour honour
ordena to ordain, to decree
ordna to order
ost landlord, host
ostel hotel
ôstes hostess, barmaid
ot! behold!; **ot obma** here is
othem, *pl.* **othomow** need,
  necessity
outray outrage
own fear
ôwnter uncle
owr gold
owrek golden
oy, *pl.* **oyow** egg
padel f., *pl.* **padellow** dish
padellyk little pan, little dish
padn cloth
pain pain
palas to dig
palys, *pl.* **palycys** palace
paradîs paradise
parchemyn parchment
parde! *interj.* upon my word!, my
  goodness!
parleth parlour
parusy to prepare
payon, *pl.* **payonas** peacock
pe to pay; **pÿs dâ** well paid,
  satisfied
pedn, *pl.* **pednow** head, top, end;
  pedn goles bottom end; **pedn
  pyst** blockhead; **pedn wàr
  woles** head downwards
pedn-palys chief palace
pednwydn white haired

pedren f., *pl.* **pedrednow** rump, hind quarters
pegans income, money to live on
pehas sin
pejadow prayer
pell far, long
pens, *pl.* **pensow** pound sterling
perbren pear tree
perfeth perfect
perhednek owner
perl, *pl.* **perlys** pearl
perthy to carry, to bear, to experience
peryl, *pl.* **perylyow** danger
pesky to feed
pesqweyth *conj.* whenever, as often as
peswar, four; *fem.* **peder**
peswera fourth
pesy to pray
pesya to last, to endure
peul, *pl.* **peulyow** pole, post
peynt pint
pib f. *pl.* **pibow** pipe
pinwedhen f. pine tree
plagya to plague
plaintya to complain
plank plank, length of timber
plansa to plant
plât, *pl.* **plâtyow** plate
platter, *pl.* **platters** plate, platter
plattys crouching, squatting
pledya to plead
plegya to bend; to please
plenta plenty
plesour pleasure
plesya to please
plu f. parish
pluven f., *coll.* **pluv** feather
plynken f. **kig** meat board
pob everybody, everyone
pocket, *pl.* **pockettys** pocket
podn dust

podrethes filth
pols time, moment
ponvotter difficulty
ponya to run (of people, animals)
poos heavy; (*as noun*) weight
pòr very
poran exact; exactly
porhel young pig
porres; **res yw porres** it is urgently necessary
pors purse
porth, *pl.* **porthow** gate, entrance
porthor, *pl.* **porthoryon** porter, gatekeeper
posa to lean
posnya to poison
post, *pl.* **postow** post
pow country
poyntya to point
praga reason, cause
praisya to praise
pras meadow
prat trick
preder, *pl.* **prederow** thought
prederus anxious
predery to think, to consider
prena to buy
prenor, *pl.* **prenoryon** customer
prentysyeth apprenticeship
presep manger
prevy to prove
pris price, value; **men a bris** valuable stone
profya to offer
progeth to preach
pronter priest, vicar; **pronter an blu** the parish priest
prowt proud
prydyth poet
prÿjweyth occasion, moment
pryk point, moment
prÿs time; *pl.* **prëjyow** meals
pryson prison

prysonya to emprison

prÿv, *pl.* **prÿves** worm

pryva private

pryvessa to search for worms

pur pure, sheer

pùscador, *pl.* **pùscadoryon**
fisherman

pùsorn bundle, bunch

py? where?; **py ma** where is?

pycher pitcher

pygebmys bynag however much

pyllar, *pl.* **pyllars** pillar

pylya to shave, to render bald

pymthek fifteen

pyneyl which one

pysk, *pl.* **pùscas** fish

pyskys *pl.* piskies

pyskessa to fish; (*as noun*) fishing

pystry magic, enchantment

pystylya to pour, to gush

pÿth thing; **an pÿth a dhevîs** the
perfect thing; *as interrog. pron.*
what?

pywa *interj. of astonishment* what?

qwarel pane of glass

qweth f. cloth

rafnys stolen, robbed

rach care

radn f., *pl.* **radnow** share

radna to share

rainya to reign

ranbarth region

rattan rattan

recken bill, account

rebukya to rebuke

redya to read

remainya to remain

remenant remainder

re (**ren** before vowels) *prep.* by in
oaths; **re'm lowta** upon my
loyalty; **re Varia** by Our Lady;
re Vyhal by St Michael; **ren ow
fay** upon my faith; **ren ow fay in**

Duw by my faith in God; **re'n
Tas** by God the Father

renky to growl, to snore

reowta royalty, pomp

reprefa to reprove

res necessity

resek to run (of liquids)

restorya to restore, to pay back

rev impertinence, cheek

reun *coll.* coarse hair, bristles

rew row, series

rewl f. rule; **in mes a'y rewl**
crazed, insane

rewys frozen

rin side (of hill)

roha to grunt

rolya to roll

rom room

rônd round

rûth f. crowd

rych rich

rychys riches

rygol, *pl.* **rygolow** groove

sad serious

Sadorn Saturday; **de Sadorn**
Saturday, on Saturday

salla to salt, to cure (of ham)

salvaj salvage

sarf f. snake

Sarsyn Saracen, Arab

sawment remedy, cure

sawour fragrance, scent

sawya to save; to heal

scant (*used with negative*) hardly

scantlowr (*used without negative*)
hardly

scath f. boat

scattya to shatter

scav light, quick

scavel f., *pl.* **scavellow** stool

scobm, *pl.* **scobmyn** piece

scon; **yn scon** soon

sconya to refuse

scoren f., *pl.* **scorednow** branch
scornya to scorn, to mock
scoodh f., *dual* **dyscoth** shoulder
scoos f., *pl.* **scosow** shield
scot bill, account
scovarn f., *dual* **dywscovarn**, *pl.* **scovornow** ear, handle
scovva f. shelter
scrifa to write
scrija to scream
scruth horror
scrivynyas scribe
scudel f., *pl.* **scudellow** dish
seg brewer's grains, draff
se seat, throne
secùnd second
sedh, *pl.* **sedhow** seat, place
sëgh dry
sehes thirst
selsygen f., *coll.* **selsyk** sausage
selsygor, *pl.* **selsygoryon** sausage maker
selsykjy sausage house
semlant semblance, appearance
semly beautiful
seneth senate
sensy to keep, to hold; **sensys** obliged
sentens sentence (in prison)
seny to sound, to play (instrument)
ser mason, builder
serrys angry
servya to serve
servyas, *pl.* **servysy** servant
servys service
seul; seul voy the more
seyth seven
shakya to shake
sheft, *p;l.* **sheftys** shaft, pole
sherbet sherbet
sheryf sheriff
shoppa, *pl.* **shoppys** shop

shyndya to hurt, to harm
sin sign
skentyl wise, skilled
skethen f., *pl.* **skethednow** slice
skeul f. ladder
skeus, *pl.* **skeusow** shade
skydnya to go down, to descend
sleyneth skill, cleverness
slynkya to slip
snod ribbon
son, *pl.* **sonyow** sound
soodh f. office, function
sodhak, *pl.* **sodhogyon** officer, official
sodhva f. office (place)
sôfa sofa
soler loft
sols shilling
sorn cranny; **sorn cudhys** secret compartment
sorr anger
sotel subtle, intelligent
soth south
sowthanas to bewilder, to astonish
sowyny to succeed
spâss space, opportunity
specyal special
spedya to speed; to succeed
spena to spend
spladn clear; splendid
splùtra to splutter
sport sport
spyrys spirit
sqwerdys torn
sqwier, *pl.* **sqwieryon** squire
sqwith tired
sqwithter fatigue
stag fixedly
stedfast steadfast, faithful
steren f., *coll.* **ster** star
stlav lisping, indistinct
stôpya to stoop

storvya to starve
strocas stroke, blow
strechya to delay
strêt, *pl*, strêtys street
studhya to study
styr meaning
styrya to mean
styward steward
sùm sum, amount
sùrcot surcoat
syger idle, lazy
syght sight
sygnyfia to signify
syra sir
tablet tablet
tabm, *pl*. tybmyn piece; tabm
  dainty titbit, delicacy, canapé
tacla to decorate, to fit out
tackya clap; tackya dewla to clap,
  to applaud
taga to smother, to suffocate
tâl forehead
tanbellen f. bomb
tanow thin
tardha to burst, to explode, to
  dawn (of day)
tarosvan spectre
tas, *pl*. tasow father
tasveth foster father
tâtys *pl*. potatoes
taunt impudent
tava to touch
tavern tavern, pub
tawesek silent
tebel, *pl*. tebeles evil person
tebel-dhyghtya to mistreat
tebel-gast evil trick
tebel-vytern evil king
tebel-woos evil blood
tecter beauty
tedhys molten
teg fair, beautiful
tegen f., *pl*. tegednow jewel

tekhe to beautify
templa temple
tenkys fate, destiny
terlebmel to jump, to hop about
termyn, *pl*. termynyow time
ternos next day
ternostadha good night!
terthen impydnyon cerebral fever
tety valy! *interj*. tut, tut!
tewedhak weather-beaten
tewel to be silent
tewolgow darkness
teylu family
teythy *adj*. native
teythyak, *pl*. teythyogyon villein,
  husbandman
tiak, *pl*. tiogow farmer,
  husbandman
tîger, *pl*. tîgras tiger
tobma to warm
tolgh hillock
toll hole, opening
tormentya to torture
torn turn; drog-torn evil turn; i'n
  tor'-ma at the moment
toth speed
totta quickly, fast
towal towel
tôwlel predn to cast lots
tos flourys bunch of flowers
tour tower
tournay tournament
tôwlel to throw; to intend, to plan
tra f., *pl*. taclow thing, matter
trailya to turn
train, *pl*. trainow train
traison treason
traitury treachery
tramor foreign
travalyor, *pl*. travalyoryon
  traveller, voyager
tre f., trevow town; home
trebuchya to stumble, to stagger

tregereth f. mercy
tresour treasure
tressa third
trettya to tread
trevas f., *pl.* trevasow harvest, crop
treveglos f. village
treveth time, occasion
triga to dwell, to live
trigva f. dwelling place
trobla to trouble
troos, *pl.* treys foot, leg
trussa to pack
trueth pity, compassion
truethek pitiful, pathetic
trufyl vain, worthless
truthow threshold
tùchya to touch; ow tùchya concerning
tùlla to deceive, to cheat
traweythyow occasionally
try three; try hans three hundred
trynya to delay, to take a long time
ty to swear
tyby to think, to consider
tybyans thought
tydn tight, sharp
tykly tricky, delicate
tynkyal to tinkle, to jangle
turont tyrant
udn one
uhel high
uhelder height
unverhës agreed, unanimous
unweyth once; unweyth a callen if only I could
unya to unite
ûsadow wont, habit
ûsys usual, customary
uthycter horror
uthyk dreadful

valy valley
venym venom, poison
vertu virtue, power
vesyon, *pl.* vesyons vision
viajya to journey
vylyny villainy
west west
whansek desirous
whare immediately, straight away
wharthus comic, funny
wharvos to happen; *fut.* whyrvyth; *pret.* wharva; *vadj.* wharvedhys
what blow, hit
whednar sixpence (half a shilling)
whegh six
whel work
wherow bitter
wherthyn to laugh
whesa to sweat, to perspire
wheth blow, gasp
whetha to blow
whilas to seek, to try
whor f. sister
whybana to whistle
whyflyn blazing (of fire)
whylen f. beetle
whystra to whisper
wolcùbma to welcome
wosteweth *adv.* finally
yagh healthy
yaghhe to heal
yar f., *pl.* yer hen
ÿdhnyk, *pl.* ÿdhnygow chick, young bird
yonk young
yowynkneth youth
ÿs corn, grain
ÿst east
yùrl earl
Zôdyak Zodiac

Henwyn Tylleryow ha Poblow

Almaynek *adj.* German
Apûlya Apulia
Arwednak Falmouth
Baldâk Baghdad
Beijing Beijing (*see* **Kambelech**)
Boers *pl.* Boers
Cabùl Kabul
Campa Cochin China (southern part of Vietnam)
Gwangdong Guangdong
Cathay China
Ceylan Ceylon, Sri Lanka
Dowr Tyber River Tiber
Enys Bodin Bodin Island (*unidentified; also called* **Dadin**)
Enys Panton Singapore
Frynk France
Fùjian Fujian
Godhal Irishman
Hangjow Hangzhou
Helles Helston
Italek *adj.* Italian
Italy Italy
Jâva Java
Kambelech Beijing
Kanasya Hangzhou
Kaydo (*see* **Kambelech**)
Kembrek Welsh language
Keresk Exeter
Kernow Cornwall
Kernowes Cornishwoman
Lamûry region of Sumatra
Latyn Latin

Lesodonya "Lesodonia" (*an unidentified place*)
Livorno Livorno
Loundres London
Lùcca Lucca
Malabar Malabar
Melestortê Melehet, Mellestoire
Meneth Glas Green Mountain
Mobar region of Sumatra
Mor an Howlsedhas The Western Sea
Mor Caspyan Caspian Sea
Mor Meur Great Sea, Black Sea
Navarra Navarre
Nazarena Zegana (somewhere in present-day Iran)
Nizhni-Novgorod Nizhni-Novgorod
Plu Wendron Wendron
Pontùs Pontus Black Sea
Rom Rome
Romanek *adj.* Roman
Rùssya Russia
Ryver an Lùstys The River of Desires
Shaanxi Shaanxi
Strêtyn Myhal St Michael's Lane
Sùmatra Sumatra
Tabrîz Tabriz
Tartary Mongolia; **Tus Tartary** Mongols
Trebizond Trebizond, Trabzon
Tregarrek Tregarrick

Tubek Tibet
Ty wàr'n Heyl Perranporth
Tyber Tiber
Ùngary Hungary

Valy an Re Marow Valley of the
   Dead
Venys Venice